霧中的巨塔

Rock —————— 著

自序：出版計畫

前幾天收到一封來自桃園市立圖書館的郵件，前陣子申請的出版計畫通過了。接下來要在兩週內提交修正計畫書，和出版社聯繫確認出版的流程。算一算如果要產出一本品質尚可的書，每天大概需要穩定產出幾百字左右，之後才會有餘裕跑出版流程。

本身是件非常開心的事，但也增添許多迷惘。

繼上一本出版，寫作的心態已有巨大的變遷。回頭去看，當初的文字簡直慘不忍睹，說是黑歷史也不為過。如果說每個人或多或少都有點偏離正常的歪斜，那麼當時的自己可能是屬於歪斜比較多的類型。三年後，除了把那樣的歪斜矯正回來，還多了些工具防止自己再次過度歪斜，就像是曾經醉倒後就會懂得如何讓自已不再醉倒。也像電玩中主角打完大魔王回來，獲得一些新裝備。但仍感激當時的自己，現在才對於出版流程與市場有些基本的認識，重跑一次流程比較不會有過度的期待，也不再那麼焦慮。

除了出版計畫本身須符合桃園在地為主題，還需要一個中心軸，讓自己所描述的事物圍繞著這個主軸出發，像是行星們繞著恆星轉一樣。

經過三年，不再那麼熱烈地表現自己了。雖然偶爾還是以第一人稱出發，但描寫的對象往往從「我」變成「自己」，好像我成為跟蹤狂，偷偷記錄著「自己」這個人。「自己」會犯錯，會耍蠢，會自以為是，其實就只是個普通人，也會犯下大家都會犯的錯。

仔細想想，自己醫學還很菜，文學又不入流。「自己」有什麼可以被描述的地方嗎？剛取得第一階段的醫師執照，離開大學進入醫院實習。我們既不是一般只有上課和考試的學生，也還不是醫師。醫院中發生的每一件事衝擊著我們的價值觀，我們在這座巨塔中重新開始學習，嘗試用醫師的角度思考事情。

關於這種醫學訓練前後的落差，也許可以從大家共有的生活經驗出發：像是你曾經去過附近的診所，想請教醫師上次體檢報告中意外發現的某個紅色指標，你上網查了許多資料，但查到的都是「疑似癌症」、「看到……千萬別延誤就醫」的農場文章。醫師看了你的報告，問你有沒有什麼症狀，你說沒有。他說：「這個還好啦，下次回診再看看就好。」

此時你的腦袋飛快運轉，「還好」的意思，是有問題還是沒問題？為什麼醫師好像很少直接回應病人說的話？

從這裡可以發現，醫師看待「還好」這個詞，和未受過醫學訓練的人所認知的「還好」，有不一樣的意義。自己好奇的是在醫師的訓練過程，由於什麼原因而產生對於一個常見用詞的新意義？

此時此刻，我們就像是擺渡人，身體的一半還是學生，另一腳剛跨上名為「醫學」的船。這條船搖搖晃晃，我有時是學生，偶爾不小心，把自己看成醫師。這樣的轉變使自己困惑。我現在是誰？我真的有這個權力嗎？

而另一個我，悠閒地坐在遙遠的岸上，將如此搖搖晃晃的自己，用文字記錄了下來。

二〇二三年四月二十七日

目次

To be human

結束長庚大學四年的基礎醫學課程，我們準備到距離學校四公里遠的林口長庚醫院，開始見習醫師訓練。

醫院是個階級森嚴的體系，從尚隸屬於大學醫學系的見習醫師（Clerk）開始一階階地往上走。見習顧名思義即是以「觀察」為主，用兩年的時間觀察如何照顧病人。接著通過醫師國考，取得行醫的資格後進入醫院成為上班族，即為住院醫師。住院醫師依照分科與否分成兩個階段，第一階段是不分科住院醫師（PGY），PGY常會以月為單位在不同科之間輪訓，學習各科的知識。住院醫師的第二階段是依志願申請有興趣的科別，成為該科的住院醫師（R）。接著通過專科醫師考試，獲得專科執照後成為研究醫師（Fellow），此時基本上完成一位專科醫師的訓練。之後的路依個人對未來的期待就太不一定，不過通常會繼續完成次專科訓練，留在醫院等待升主治醫師的機會，直到升為主治醫師後，才正式成為在醫院獨當一面的醫師。

從前在學校上課，四年來都是住學校的宿舍，大五之後訓練的醫院也有提供宿舍給我們申請。宿舍蓋在新的綜合大樓，是四人套房。除了空間狹小和他人同住以外，醫院宿舍其實沒有太多可以挑剔的地方，位置就在醫院旁邊，夜間學習前先回宿舍，吃個晚餐再去找學長姊報到也很方便。而且宿舍收費便宜，一個月一千元還包水電。對我們這些沒薪水的窮學生而言，簡直太讚了。室友都是從高中以來就認識的朋友，相處起來也很舒適。

但我當時一心嚮往自己住的生活，便在距離醫院走路約十分鐘的地方，租了一間便宜的小套房，展開接下來的見習訓練。

直到一年多後的現在，我也不知道當初的決定是否是「好」的。驚覺有些事物不是自己原先想得那樣，在慢慢適應的過程中，損失了一些東西，也得到一些東西。

雖然不知道實際上是否值得，還是有件確定的事：可以感覺自己的本質，在這個過程當中產生緩慢的質變。

過去在醫學訓練中，我們被教導要眼見為憑，有幾分證據說幾分話。但另一邊非科學的世界也同樣令人著迷。有些事情雖然眼睛看不見，但它的確正在變化。這些改變並非分數或指標可以量化的，它只藏在心中。用比較抽象的角度來說，就像是構成「我」這個人的某些東西，在過程中變形了，變成我曾經以為只會在別人身上找到的某些東西。

若是回到自己出來住的例子，即自己似乎變得更像「正常人」。

以看待「住的地方」來說好了。以前住宿舍時，總是感覺待在房間沒有辦法好好地休息，當時只視宿舍為「睡覺的地方」，我習慣很早就離開房間去做事，很晚才回去。直到出來外面住才發現，有個完全屬於自己的空間，是一件多麼幸福的事情，慢慢開始懂得為何有人喜歡假日整天廢在家裡。

諸如此類的改變，說出來都不是什麼驚天動地的人生轉折，但過去自認為「我就是這種人」的某些事，意外變成了自己意想不到的樣子，想起來的確是件有趣的事。

在這個書寫計畫的過程中，以在林口長庚醫院的見習醫師為主角，一面記錄在上龜山地區生活的點滴，另一面作為旁觀者，觀察自己這個「人」在醫療場域中的轉變。

林口長庚雖名為林口，很容易聯想到新北市林口區，但醫院的實際地理位置在桃園市龜山區。學生們口耳相傳，因為龜山長庚唸起來太難聽，於是被命名為林口長庚。先不論謠言的真實性，龜山區有一部分確實位在林口臺地上，俗稱「上龜山」的區域。

根據《龜山鄉志》的記載，龜山的地名來自於壽山巖觀音廟前，有一座山丘形如龜。當時這個區域稱為「龜崙社」，後來將「崙」改為「山」，才成為「龜山」[1]。

雖然從學校到目前在龜山生活了快六年，但直到最近整理龜山的資料，才發現好像又重新認識這個地方。在這之中，與上龜山相關的文章更為稀少。當中就有很多值得記錄下來的地方，或許也能推廣這個地區的優點。

另一方面在醫院，隨著一天一天的見習，可以漸漸地感覺到自己思維的變化。如同上面所述，雖然眼睛看不見，但它的確正在變化。可能是在醫院所見所聞的衝擊，或者是因為自己外出獨居而產生的心境轉變，抑或是兩者皆是。借用一句村上春樹的話：「被某個無形的東西輕輕轉動著。」

至於是好的轉變或是壞的轉變，自己也不是很清楚。但在這個過程中，我們不斷地發現過去的自己是如此狹隘，調整自己的觀念，試圖向這個社會更貼近一點點。

想到曾有老師跟我們說，醫學生其實或多或少，都有點強迫症狀，不然怎麼有辦法唸那麼多書？

要理解社會上所有的人，顯然是不可能的，包括自己在內。但如果醫師過於缺乏社會經驗，難以理解正常人的思維，我們如何能夠同理他們的情感？

有一句在進入醫學系之前就聽過的話，最近才有更深刻的體悟：「當醫師前，要先當一個人。」（Before we can be doctors, we need to be human beings.）

[1] 桃園縣龜山鄉鄉公所，《龜山鄉志》（一九九七），頁五十六。國家圖書館臺灣記憶系統，取自 https://tm.ncl.edu.tw/article?u=006_001_0000408236。

一日之計

從學校到醫院最不習慣的，應該就屬「早起」吧。對於我這種原本是夜貓子的人而言，簡直是要了小命，生理時鐘竟然被提前了三個多小時。

醫院內科的晨會通常是從七點半到八點半，外科是七點十五到八點十五。但我通常會定更早一點的鬧鐘，好起床後悠悠地到醫院附近的便利商店買杯熱拿鐵。過去以為每家醫院的作息都一樣，直到大六到南部的醫院短期見習，才發現林口這裡的晨會時間普遍都早半個小時左右。

遇到勤奮早起的老師查房時，因為要提前看過病人和在護理站等老師來，常常都得更加早起。自己有跟過六點半查房的老師，當時每天出門時不到六點，天還沒亮。

我們見習醫師在醫院的工作比較像是責任制，以老師的行程為主，上下班時間大多參考用。

早晨買咖啡也是門學問。早起時通常呈現十分厭世的狀態，若是遇到大排長龍的結帳隊伍，就變得更加厭世了。

醫院宿舍綜合大樓對面的寶雅彎進去，文化二路三十四巷，那條巷子裡有兩家7-11和一家全家。正所謂雞蛋不可放在同一個籃子裡，出門時會先特意繞路，到這一頭的商店張頭望望，若沒什麼人排隊就在這買，有人的話就換去另一家買。

說也奇怪，早晨便利商店的人潮沒有任何規律。同一個時間，這頭的商店可能一個客人都沒有，但另一頭的商店卻大排長龍，到了隔天又相反過來。經過數個月的觀察，排除跟店員人數、店的規模或時間的關聯，這大概就是大家口中的機率問題吧。

從租屋處出門，往醫院的方向走。經過四個紅綠燈，約十分鐘抵達醫院。前些日子購入運動手環記錄生活，發現每天這樣上班，加上在醫院裡面亂走，步數居然也有九千多步，對我的糟糕生活而言，算是不無小補。

過去我不習慣常喝咖啡，即使是大三每天早八上大體解剖學時也一樣。但後來發現醫院晨會講的東西有時蠻重要，算是一整天下來需要集中注意力的時刻。

但不是每次去晨會都會有收穫。若是晨會請住院醫師報艱澀的paper，挑到比較專科性質的研究，對於台下的Clerk而言簡直是鴨子聽雷，一邊放空，一邊想著早餐要吃什麼。

每天醫院晨會都會有不同的主題。在我們醫院，星期一到三的晨會時間，通常是由科內自行決定。以內科來說，會有學長姐（學術總醫師）來幫我們上課，主題就看學長姐心情，有時會用簡報授課，有時會打開某個病人的病歷跟我們討論，也偶爾會叫我們輪流報自己手上的case。

週四早上大多是內科科會，科會通常以「Morbidity and Mortality Conference, M&M」的方式來進行，Morbidity是指嚴重後遺症，Mortality是死亡。這類會議會針對一個特殊的案例來進行討論，大家一起來檢視這個過程是不是有些值得檢討的地方。但實際上，會被提出來討論的case，對我們小小醫學生來說幾乎都太難了。我們還沒搞懂疾病的機轉跟用藥，台上已經在爭論最新的研究。

雖然也會有極少部分的強者同學們認真聽講，但大多數的同學們還是處在迷迷糊糊的狀態。當熱烈的掌聲響起，把大家從周公那裡喚來，大家打著哈欠收拾背包，準備今天的行程。

週五全院性演講的主題比較不一定，有時會邀請國外的學者來演講，也有一些比較偏向有趣的生活分享。

在外科系的晨會主題看各專科的習慣，也比較不一定。像整型外科在週三辦特別演講，直腸肛門科在週四團隊會議之類的。

前陣子在ptt，看到十幾年前曾有人在醫學生看板發過文，詢問為何會有晨會的存在。也許這是每位醫師在踏入臨床前，都會有的疑問？

除去醫院評鑑的因素，我覺得晨會對於醫師們而言，比較像是一種「文化」。晨會不是絕對必要的存在，以現在的科技也會有變通的辦法。但若沒有晨會，又好像哪裡怪怪的。

我們正處於接受這個晨會文化的適應期，像變成甲蟲的卡夫卡，攀爬摸索著全新的生活。

烘衣店

以前住學校宿舍，每層樓配置一間洗衣房。裡頭有多台投幣式洗衣機和烘衣機，洗衣機一次二十元，烘衣機四十分鐘十元。雖然機型都是最陽春的，功能幾乎為零，但對學生來說已經堪用。

離開宿舍到外面，洗衣烘衣居然成為一種奢求。

我所租的地方，房東給我們用的是三洋的小洗衣機，一次裝五公斤衣服的那種，沒有另外提供烘衣機。洗衣機費用每月一百元，以每五天洗一次衣服的我來說，確實是比學校便宜一點，但是洗衣機長年沒有清洗，每次洗完衣服後，都會黏滿許多毛絮，要甩很久才會掉。

但也不是所有衣服都會用到洗衣機，例如白袍就不太會。

雖然白袍看起來很帥，剛見習時大家恨不得可以整天都披著，但時間久了就會漸漸發現它的缺點。像是白袍極易染汙，就算只是不小心用原子筆劃過，用洗衣機洗完仍可能殘留一些若隱若現的痕跡，看起來還是很明顯。因此白袍通常需要特別關照，另外拿出來用手洗。

我所見習的醫院，有幫醫師免費洗白袍的福利。去醫院地下一樓某個隱密轉角的「洗縫課」，登記完自己的名字和編號後把白袍丟進大袋子。過了約一個月後，就可以去拿洗完的白袍。

以前不懂為何路上會有如此多自助洗衣店，直到自己出來住之後，才發現自助洗衣店簡直是租屋族的救星，最好開越多越好，這樣就不用再拎著衣服走那麼遠。

而烘衣機對自己這種在南部長大的小孩而言，是上大學之後才親眼見到的神奇機器。還住在高雄的時候衣服拿出去晒，只要沒有下雨，不管春夏秋冬衣服都會乾。但北部就不是這樣，冬季陰雨綿綿，而林口又是被稱為「霧都」的地區。往往下午時，霧就無聲無息地降臨在這座城市。衣服就更加不容易乾。

有過數次衣服晒不乾的經驗後，我開始在附近尋找自助洗衣店的蹤跡。

搜尋一下發現，自助洗衣店其實是很道地的存在，像某種鄉里間的祕密。有時走路經過，明明就有看到洗衣店，在Google Maps上卻怎麼找都找不到，上面只會出現大間或連鎖的自助洗衣店，小間的往往都得靠自己的雙腳去尋找。

經過一段時間的觀察，發現除了全家附設的洗衣店，大多數自助洗衣店的價格似乎都是一樣的。烘衣服都是每六分鐘十元，洗衣服則是依機型大小而有所差異。最後選定文三一街上的某間洗衣店。

自助洗衣店裡的自動販賣機什麼都有賣，從洗衣劑、洗衣粉、柔軟精、防靜電紙到洗衣袋都有，有的還可以借用洗衣籃。算起來只要拿著髒衣服和零錢到洗衣店，就可以完成所有事情。防靜電紙自己沒用過，聽說和衣服一起丟進烘衣機，烘衣結束拿出衣服時，比較不會被靜電電到。

某天晚上，我按照往例提著裝衣服的袋子，沿著昏黃路燈下的小巷，向洗衣店走去。

忽然間，既視感撞上來。

就像是看過許多電視劇，設想過無數情節發生在自己身上，之後平凡地過了幾年，某天忽然發現自己正在經歷和主角一模一樣的事情。

發現自己正在距離家非常遙遠的某個外地，真真實實地生活著。這不是做夢，而是我真實地，在這裡，跟著這座城市的脈動生活著。

我對自己的後知後覺感到驚訝。過去在學校，我們的生活似乎都被校園保護著。在教室上課，學餐吃飯，回宿舍睡覺。雖然平常也會到學校外活動，但總感覺跟外面的世界隔了一層膜。來北部這麼久，居然是在五年後某個平凡無奇的晚上，前往洗衣店的路上才發現這個事實。

雖然在發現這個事實之後，我的生活沒有任何改變。但總感覺心中某些地方的齒輪被更換過，轉得更滑順一些，噪音也減少了。

或許「揭開」並不需要改變任何事，「揭開」這件事本身就有自身的意義。

喘的鑑別診斷

見習醫師通常會被指派某幾位病人作為主要學習對象，而被指派到的病人則稱為自己primary care的病人。學習內容包含每天查看病人的情況、打病歷和報case等。

可能會有人疑惑，如果被分配成為見習醫師primary care的病人，會不會受到比較差的待遇？

其實不會影響，有時反而更好。臨床工作主要還是由住院醫師和主治醫師負責，即使我們先整理過病人的資料，學長姐還是會自己再確認一次，見習醫師在臨床的角色比較像是觀察者。有時老師還會特別「關照」有被primary care的病人，像是特別檢查病歷有沒有寫好和讓學生有動手練習的機會。

之前在心臟科的時候，老師為了讓我們練習聽心音，會特別選見習醫師primary care的病人，先自己聽過一次後再給學生練習。久而久之病人似乎也發現，有見習醫師在的時候，老師就會在病床邊教學，停留的時間也特別久。後來即使查房比較匆忙，病人仍會主動問我們要不要來順便檢查看看。

說到primary care，到醫院見習以來印象最深刻的病人，就是我在胸腔科的primary care病人，他曾經是一位胸腔外科醫生。

說「曾經」是因為他現在已經九十幾歲，自退休之後已經很久沒開刀了。但他仍記得那些關於胸腔的知識，也偶爾會提醒他的後輩醫師們，我們應該要做什麼處置比較好，譬如這次把呼吸器模式從BiPAP換成IPPV，就是他自己要求的。

他這次入院是因為喘，長期有抽菸習慣，有慢性阻塞性肺病（COPD）和支氣管擴張病史。經過一段時間的住院與復健，喘的情形日漸改善。每天去看伯伯，他總是面帶微笑地跟我打招呼，也開始慢慢下床走路復健。

那天本來已經預計要讓伯伯出院。早上開完晨會去護理站時，發現一大群人在伯伯的病房忙進忙出，看了昨晚的值班記錄，發現伯伯昨天半夜突然又喘起來，胸部X光報告顯示有新的肺炎，懷疑是嗆到東西的吸入性肺炎，血氧一直拉不上來。

當時他撐著一口氣，告訴我們說他要「插管」。

不知道是不是病人很配合的緣故，插管很順利地完成，血氧也拉了回來。一切好像又恢復到原先的模樣。

太陽掛在理論的位置上，事情回到既定的軌道，只留下呼吸器規律的嘶嘶聲。

但，那天在靜謐的病房，看著因為施打鎮靜劑，不再能夠說話的伯伯，有段話一直在我的腦海中遊蕩：「Get busy living or get busy dying.」（人不是忙著活，就是忙著死）。這是在電影《肖申克的救贖》，或譯《刺激一九九五》裡面，自己印象最深刻的一句話。

曾經是胸腔外科醫師的伯伯，九十幾歲有慢性阻塞性肺病，還是那麼努力地想要活下去。這樣是正忙著活，還是忙著死呢？

在醫院內常常會見到許多教授，雖然我們現在只有二十幾歲，但從教授們的樣子，也能大致猜測自己之後的一輩子會怎麼過。也許會是PGY或R結束後，匆匆找對象、結婚、生小孩，趕著寫論文拚升等，從講師到教授，在眾多競爭者中試著不斷往上爬的一輩子。

醫師的養成制度，好像在無形之中不斷地提醒我們，現在「應該做什麼」。只要沒有在軌道上，你就會是個失敗者。

從大一開始，老師教我們要趕快找老師進實驗室，才不會輸在起跑點。大三大四時，學長姐說解剖要好好學，不然以後國考會很慘。大五大六，為了準備未來當PGY所以要認真學習。未來訓練結束，當上主治醫師後，還是要繼續寫研究計畫拚升等。

我們好像一直被推著前進，但很少轉過頭來想想，自己究竟是為什麼而活。

每次想到這件事，就會想到村上春樹在小說《舞・舞・舞》中寫過的一段話：「（人生）意義什麼的，是從來都不存在的噢。所以我們該做的事就是跳舞，一直跳一直跳，不能停止，如果停下現在的腳步而去思考有什麼意義的話，馬上就會被吸進另一邊的世界噢。」

這跟我們平常的生活是不是很像？大家都說不要想那麼多，只要好好努力，充滿正能量，這樣就好了。如果停下來思考的話，就會從醫學生涯中脫軌噢。

傳說中，薛西弗斯破壞冥界的規則，於是被懲罰推著巨石到達山頂，接著巨石從山頂滾落，薛西弗斯走下山坡，再一次把巨石推上去，他就這樣日復一日地做著相同的事情。

我們是不是跟薛西弗斯很像，每天按照著既定的軌道，在醫學中心這座巨塔中當一隻勤勞的螞蟻，早起上班再拖著疲累的身軀回家，也許就會這樣渡過一輩子。

那麼我們究竟是正忙著活，還是忙著死呢？

復興北路

在食衣住行的瑣事中，打理好住的地方，就要開始煩惱食、衣和行了。

平心而論，以前唸的長庚大學地理位置有點偏僻，如果想離開學校走到最近的機場捷運A7體育大學站，要十分鐘左右，沿路沒有住家，墳墓倒是不少。若要到醫院的商圈，又沒有自己的交通工具，大概就只能搭公車或校車。

林口長庚醫院商圈在學生口中，簡稱「院區」。連接校區與院區的校車班次在尖峰時刻還可以，離峰時間就要等比較久。若遇到尖峰時刻滿載，可能還上不去，因此許多學生還是會自備機車或汽車。

關於院區周遭的變遷，之前在門診跟診聽已經在醫院服務二十幾年的老師口述，林口長庚醫院周圍在二十幾年前幾乎是一片荒蕪。沒有商圈，沒有捷運。只有復興一路上的一排房子，其餘地方幾乎都是空地。三井outlet過去甚至還只是茶園。是直到最近才漸漸繁榮起來。

還好現在學生們依賴的院區已經頗為熱鬧，白天像市場，晚上像夜市。以最精華的復興北路為核心，沿街道向周圍延伸。

我住的地方不在復興北路周邊的黃金地段，而是接近單身宿舍的那側。

這個地區房租比較便宜，離餐飲區比較遠，且林口長庚的救護車源源不絕，華夏飯店這側離急診室比較遠，安靜許多。缺點就是比較冷清，買東西需要走比較遠。

而林口長庚商圈其中最熱鬧的街道又被戲稱為飲料街。飲料街的範圍自復興北路與復興一路交叉的路口算起，加上復興北路六巷與復興一路二一二巷，大致呈H型。大約兩百五十公尺的街道開滿了各式各樣的飲料店。之前算過飲料街的範圍開了二十二間飲料店。已經接近每十公尺就開一間飲料店的程度。

醫院的醫師和護理師一定貢獻了不少開店資金。雖然說醫護人員應該很注重健康，但幾乎每天都可以在病房討論室見到團訂的飲料。算起來光是對面醫院的員工，每天就可以消耗掉數百杯飲料。

說到飲料，似乎很多人會猶豫來醫院如果要送小謝禮，該送什麼比較好？觀察下來，飲料大概是比較不會出錯的選項之一，咖啡或手搖都可以。送飲料的優點是比較好處理，若本人不需要，轉送給同事或家人也很方便。

聽起來飲料感覺有點像是某種在醫院內部流通的貨幣。

若要給病房護理師送飲料也是可以，但可能就要先問好當天上班的人數，也要注意換班的時間。也可以考慮送卡片或容易分享的食物。常常見到病患送的卡片貼在護理站的佈告欄上。收到食物的話通常會放在討論室，有空的護理師就會自行去拿。

在飲料街度過五年。剛來的時候像是劉姥姥進大觀園，看見什麼都稀奇。時間久了以後，對於新事物不再那麼感到興奮。開始擁有屬於自己的愛店，不再隨波逐流地看到流行什麼，就跟風去買。像是戴了一副有色的眼鏡看世界，這副眼鏡自動過濾掉那些雜訊，只留下那些可能對自已比較有價值的資料。

也許所謂的穩定，是對於外界形成獨到的解讀方式，能重新建構，形成對自己有意義的樣式。也可能是自己習慣了某些事物，不想再花心力追求新的東西。

想到三毛的一句話：「心若沒有棲息的地方，到哪裡都是在流浪。」如果看到別人有什麼，自己就想要什麼。那麼走到哪，還是會有一種揮之不去徬徨的感覺。

有些人長期依賴從外界獲得的標籤，十分在意他人對自己的看法，但對於自己是個什麼樣的人並無明確的概念，一直用比不上別人的焦慮感驅使自己前進。當這樣的人不好嗎？好像也未必。也許真的有人對於這個過程樂在其中。

在《挪威的森林》書中，渡邊曾這樣形容看似十全十美的永澤：「……他一方面率領眾人樂觀地向前邁進，一方面卻孤獨地在陰鬱的泥沼底層痛苦地打滾。我從一開始就感受到他內心的矛盾，不明白其他人何以看不出他這一面。這個男人背負著他自己的地獄過日子。」

到這邊，本來想寫點什麼，卻又停下。賦予事物意義是一件危險的事情。畢竟自己沒有理由將自認為「好」的價值觀，硬是塞給他人。也許像永澤那樣，轟轟烈烈活過，獲得所有標籤後結束自己短暫的生命，也是一種人生觀。

但在醫院實習，才深深地覺得，生命並非如此容易獲得的事物。有些東西沒了就是沒了。

掛病

傳說中，兒科病房相當毒。大五去兒科見習時，同學們一個一個中鏢落地，幾乎都是不明高燒，COVID-19快篩陰性。兒科病房就像是傳染病的博物館，只要去病房繞一圈，身上大概就可以收集到各種常見的病毒。

我也不例外。即使戴口罩勤洗手，還是逃不過中獎的命運。大五在兒科見習總共四週，第一週跟第四週都有短暫發燒。不禁開始佩服身經百戰，百毒不侵的兒科醫師。

發燒本身沒關係，只是身體對抗病原體的正常反應。不過自己後面幾天多了腸胃炎的症狀，只好去醫院附近的腸胃科診所掛號拿藥。至於為何不在見習的醫院看診呢？在醫學中心看診，通常都要等很久。更可怕的是有可能會遇到認識的同學跟診，身高體重病史檢查結果全部在電子病歷底下一覽無遺，說不定還會被抓去做個檢查，頗為尷尬。

幫我看診的腸胃科醫師，聽了我的症狀，笑笑地說，最近超級多人得腸胃炎。有好幾個院內員工本來好端端地沒事，吃完地下街的食物就來報到，開了止瀉藥和退燒藥。

以自己的症狀看來，像是病毒性的感染。這種腸胃炎大多是自限性（self-limiting）疾病，依靠自身的免疫系統就能處理。也沒有什麼特效藥，給予支持性治療並觀察幾天就可以了。支持性治療（supportive care）是針對症狀而非病因而做的治療，例如常見的退燒藥和止瀉藥等。簡單來說就是見招拆招，看到什麼問題就去處理它。

在領藥的路上，我發現對於自己身體的概念，跟以前相比漸漸地產生某種變化。以前可能還會擔心是不是什麼可怕的疾病，但現在就沒什麼特別的情緒。

像是當你越了解某件事物，就會越不怕它。

回想起以前在上醫學人文課時，老師口述曾施行的某項調查，此份問卷分別請高年級和低年級的醫學生填寫自己對於人體的看法。結果發現高年級的醫學生傾向將人體視為一座工廠或機器，而低年級的學生則有相反的傾向。

大一大二主要是基礎學科，像是生物化學或是免疫學。那時我們就和大家一樣，對人體沒有系統性的概念，得來的醫學知識都是來自於網路文獻。從三年級大體解剖課，醫學生開始接觸真實的身體，那是我們的第一次衝擊。課本上的每個解剖構造在我們面前逐一展現，發現原來身體的每個構造都是如此重要，各司其職，缺一不可。大五進醫院實習，我們首先被教導按照guideline評估和治療病人。看到一個病人，腦海中的樹狀圖開始繪製，就像是夜市的打彈珠遊戲，每個病人經過無數的分叉點後，最終會落進屬於自己的那個主診斷。

雖然現在還是很菜，沒辦法完整地評估病人。但可以感覺到，一個「人」對自己的意義，似乎正逐漸產生變化。在見習醫師的養成中，漸漸地脫離大眾對於身體的直覺概念，轉而以一種機械化的過程看待人體。雖然不想承認，但誠實地說，看待人的角度真的越來越機械化了。

這種感覺很奇妙。就像是看著過去的自己，在醫學這個系統中被打散，塑造成另一種新的價值觀。原來醫學不只會讓我們的知識量增加，也會同時改變醫學生對於一個「人」的看法。

倒垃圾

如果要說最不喜歡的家事，應該就是倒垃圾吧。一想到甚至還會有些焦慮。擔心的不是倒垃圾這件事本身。事實上，把垃圾丟進壓縮車裡，聽袋子被壓爆，想像著自己這幾天的生活終於化作一堆碎屑，還挺療癒的。不喜歡的是在等待的過程，那種大家聚在一起尬聊的感覺。

大五所住的房子是位在文三二街上的某間舊華廈，就在憲訓中心附近。聽說現在華廈這種格局的房子已經比較少見。查了一下華廈的定義，是低樓層且擁有電梯的住宅，簡單來說就是介於大樓與公寓之間的建物。華廈跟大樓相比，住戶少，樓層低，公設通常也比大樓少。

我住的房子整棟有五層住戶，每間住戶內還可以再分為一、二樓，中間有樓梯連接。我住在三樓，換句話說，以高度來看實際是住在五樓的位置。

也許是建成年代久遠的關係，這間華廈的住戶看起來都已經互相認識很久，大家見面都會寒暄一下。傳聞北部人比較不熱情，但住在這裡卻沒有這種冷漠的感覺。

雖然舊，但整體來說環境維持得相當不錯。每週固定會有人打掃公共區域，打掃也相當仔細，說不定比我掃自己的房間還乾淨。唯一美中不足的地方，可能就只差沒有垃圾集中區的設計。現在新建的大樓幾乎都有垃圾集中，雖然可能要多付一些清潔費，但寧願多花點錢，也不要追垃圾車，似乎已成為現代一種新趨勢。

原本還以為這裡沒有管委會，直到看到電梯裡的繳管理費公告，才得知我們這棟華廈有管委會的存在。但後來聽房東說這裡的管委會規模不大，大部分事務都是由管委員一人處理的。管委員也住在三樓，就在我那間的斜對面。據說她是一位熱心的阿姨。

聽著房東描述管委員的特徵，才回想起我第一次到樓下等垃圾車，其實就有遇見管委員本人。她看起來就是大家印象中奶奶的樣子：捲髮、花衣和裙子的經典組合，偶爾還會戴著髮捲。

在等垃圾車時，她八面玲瓏，遊走在各個住戶之間，誰家的小孩昨天被打，今天垃圾車怎麼這麼晚來，下週要停水你知不知道。一聽到我是新來的租戶，她馬上開始抱怨著你們那邊的租客很複雜，換來換去的，我也搞不清楚到底誰是誰。你會不會抽煙呀，上次有人說半夜煙味很重是不是你們那邊有人在抽菸……

雖然覺得有點多話，但管委員是真的熱心。

某一次整棟華廈聞到濃濃的塑膠味，確認過不是自己這邊的問題，因此我也沒特別放在心上。但到了晚上，管委員一間間挨家挨戶按門鈴，問是不是你家的東西燒焦，問完一輪後仍找不到線索，就開始檢查每家戶的電錶。最後發現果然是電錶出問題，五樓某戶的電錶因為不明原因慢慢悶燒，還好有熱心的管委員才沒釀成大禍。

最近在等垃圾車的時候，偶然發現還有其他年輕人也住在這裡。我們默默地退到角落，很有默契地滑著手機，把舞台留給談天的長輩們。

越長大越覺得，外向或內向這種特質是不是天生就已經註定。雖然可以透過後天的訓練讓自己往另一邊靠近，彌補自己的缺點，但本質上還是不變的。

某次在刀房，老師們正在聊關於選科和人格特質的關聯，突然有學長問我，學弟你想走什麼科？聽完我的回答，學長說對吧，我剛剛觀察你，也覺得你應該是偏那科。接著補充道，其實選科這種事，有時是已經註定的，有些人的特質很明顯就會選那科。雖然分不清究竟是幹話還是肺腑之言，不過聽起來似乎有些道理。

在這個方面，自己似乎有個開關可以控制，在生命線當協談志工和家教時是多話模式，在平常的時候是安靜模式。雖然和人說話確實是很有趣的事情，但也發現如果留給自已獨處的時間不夠，就無法在心中反芻那些說過的話，找到缺點讓自己慢慢進步。看書和寫字也都是需要獨自完成的事，還是習慣盡量多少留時間給自己。

好吧，說了這麼多，還是在為自己的內向找藉口。

轉運站

醫院周圍的交通四通八達，還能發掘許多進階玩法。

原本醫院的醫學大樓正門口只有停車場，自從桃園長庚轉運站開幕後頓時變得熱鬧不少。轉運站一樓是候車的座位區，汎航客運、部分公車和長途客運在這邊買票上車。旁邊也有餐飲街和咖啡廳可以晃晃。

我們十分困惑於「桃園長庚轉運站」這個名字的由來，聽說是BOT的關係。可是長庚另有一間分院叫桃園長庚，而桃園長庚轉運站不在桃園長庚，在林口長庚？換句話說，如果路人問說怎麼搭車去桃園分院，就得跟他說，去林口的桃園長庚轉運站搭車到桃園長庚。

對於我們這些長期在這附近打混的學生來說，基本上不會造成太大的困擾，但已經可以預見第一次來看診的民眾露出困惑的表情。

之前跟住院醫師學長們聊天，發現剛從其他醫院過來的許多學長姐，對於醫院周遭的交通其實不太清楚，只覺得這裡的交通怎麼這麼複雜。

其實我們學生也是摸索很多年，才慢慢抓到訣竅。除了機場捷運，醫院附近的公車路線也頗發達。長途客運的話，國光和統聯客運可以到中南部，或是北上到基隆或宜蘭。跳蛙公車系列像是920、936、937和966可以到板橋、圓山和臺北車站。轉運站裡面還有醫院自己的汎航客運，能抵達其他分院、長庚大學、醫護社區或附近的臺北、桃園和中壢火車站。

依個人經驗，如果善加利用醫院附近的公車，有時甚至還會比捷運快。以圓山站為例，如果搭捷運要先搭機捷到北車再轉紅線，如果改搭936或937就可能會比捷運快。去板橋也是，搭跳蛙公車會比轉乘捷運快。不過如果是尖峰時間的話，可以無懸念直接選捷運，不然以林口的交通會讓你塞車到懷疑人生。

說到國道公車，過去住在南部，印象中的公車路線通常都在市區繞，縣市與縣市之間的交通一般是搭火車，很少會使用到公車。直到來北北基桃生活圈，發現縣市與縣市之間的連結如此緊密。而且南部公車的座位頂多就十幾個，其他都是站位，而這裡的公車上全都是座位，後來才知道國道公車要上高速公路因此都是這樣。

還有一些隱藏版公車，可能連在地人都不知道。這些公車通常是政府設計給較偏遠地區的居民搭乘，班次不多，大多免費，路線也很特別，翻山越嶺也不稀奇。關於這些公車，自己私底下稱呼它們為「神祕小巴」。

以我自己搭過的車來說，F126可以從醫院出發，經過林口區，沿著北51縣道直達八里。到了八里可以再騎Ubike或轉公車到十三行博物館附近，大概四十五分鐘就會到。如果搭捷運的話可是要先搭機捷到臺北車站，轉紅線到關渡站，再轉公車。F630則是從醫院出發，經過鶯歌到三峽，也是五十分鐘左右會到三峽老街。除了這台車，最快的路線要先到板橋府中再轉客運到三峽，跟F630相比也需要多一個小時。

在這些景點中，自己最喜歡搭702到大溪去晃晃。702班次就比神祕小巴多了一些，大約每個小時一班車。從醫院出發，會先經過桃園區，約一小時左右就能抵達大溪轉運站。

大溪站還留著過去記憶中公車轉運站的樣貌，一下公車，就能馬上感覺到和院區的差異。雖然大溪不如院區那樣繁榮，但自己很喜歡待在這類型小鎮的感覺。該有的生活機能都有，很適合退休或渡假的地方。

還記得第一次來大溪轉運站，是高三跟生物研究社的朋友相揪到北橫公路夜觀生物。當時從大溪搭車到下巴陵，從下午四點多開始沿路邊走邊找有沒有有趣的生物。隔天凌晨走到明池山莊，休息一天後再沿原路走回下巴陵。

轉眼間六年就過去了。當時的事情只剩下似有若無的印象。只記得當時走很久的路，好像有用不完的精力，看到無數隻蜥蜴卻沒看到蛇。後來跟朋友就斷了聯絡，只知道有的朋友轉到理想中的學校，也有的生病休學後便斷了聯繫。

放眼望去，轉運站牆上仍然掛著當時的時刻表和票價表，小商店賣結冰水，充斥阿摩尼亞味的公廁，好像什麼也沒變。如果不是看著手機的時間，還會懷疑這六年會不會只是自己的錯覺，實際上還是剛考上大學無憂無慮的高中生。

離開轉運站，大多數的景點都可以步行抵達。除了大溪老街外，普濟路周邊也有規劃好的木藝生態博物館群，每間都有自己的特色。逛完到中正公園散散步，鳥瞰大漢溪的風景。附近也有許多特色咖啡廳，可以什麼也不必想地渡過一個下午。

衣著

進醫院見習之後，腦袋裡的知識進展緩慢。基礎醫學在一階國考後馬上就忘，臨床的東西又不熟，幾乎是打掉重練。

改變最快也最直接的，大概是衣著吧。過去在大學上課時，大家的穿著比較隨性。當然有少數同學會精心打扮屬於自己的風格，但觀察下來大多還是偏向舒適風為主。

醫師的標配大概就是醫師袍，白袍的意義就不多做贅述，但在實質上最重要的還是辨識身分的作用。某次在討論室聽護理師們聊天，才知道這個功能的重要性。他們需要依靠白袍才知道眼前的這個人是醫師還是家屬。雖然聽起來很瞎，但有時醫師在路上走來走去，看起來跟病人家屬確實沒什麼兩樣。護理師們要像觀察動物一樣，觀察他的行為很久才知道這位路人到底是不是醫師。不過資深的學姊還是能從一堆沒穿白袍的人群中，精準辨識哪位是家屬哪位才是醫師，堪稱人體雷達。

除了醫師袍一定要穿之外，醫師袍內到底是穿襯衫，還是普通不邋遢就好，這件事仍有許多討論空間。在《兩種心靈：一個人類學家對精神醫學的觀察》這本書中，作者提到在醫院裡不同職業的工作者，會有不一樣的穿著。例如醫師通常會穿襯衫與西裝褲。甚至可以從一個人的穿著來預測一個人的職業。

在醫院，有人覺得穿襯衫比較正式，但也有人覺得醫學重要的是知識和技術，而非穿著。聽起來都很合理。但有時穿著並不是以自己作為出發點，也要考量到旁人的印象。醫院裡比較傳統的老師通常會強調要穿襯衫，如果能打個領帶更好。而年輕一輩的老師可能就沒那麼嚴格，穿有領子的衣服就好。

而我通常會看一下今天的行程，再決定要穿什麼。如果整天都要去刀房跟刀，可以穿得比較日常一些。除了舒適，另一方面是進開刀房之前，外衣外褲都會換成刷手服，不會穿進去刀房跟刀。外面穿什麼也不會有人看。

但如果是跟門診或整天在病房，就得穿正式些了。門診就像是醫院的門面，大家都是抱著一種去市場買菜的心情來的。病患們議論紛紛的不是今天醫師講了什麼，而是這家醫院有多大多高級，是如何地大排長龍，有多難等之類的。在這種表面文化的影響下，似乎就必須穿得讓自己看起來比較專業一點，以免病患的眼角餘光見到我們這些突兀的存在。

而自己是見習醫師的身分，也會影響穿著的決定。雖然實習醫師（Intern）制度已經取消了五年左右，但是大多民眾對這方面的資訊不太清楚，與其花五分鐘的時間跟病人解釋見習醫師和實習醫師的區別，更常見在自我介紹時，就直接跟病人說自己是實習醫師。據自己的經驗，若說自己是見習醫師，病人還會用狐疑的眼光看著你。但只要說自己是實習醫師，病人通常就能馬上理解你的身分了。

這時稍微穿著正式一點，就能盡量看起來比較專業一些。將心比心想，應該很少病人願意讓一位看起來很菜的醫師，在自己身上敲敲打打做檢查吧？因此對自己而言，衣著是為了看起來比較專業一些，希望在詢問病史或做檢查時，可以更加順利。但如果是看起來很有經驗的醫師，即病人已經知道你是專業的，這個步驟也許就可有可無。

佛要金裝，人要衣裝。看來看去，為了不那麼突兀，也許見習醫師最需要的還是一個隱形斗篷。

繞著死旋轉著

週末傾盆大雨，自己原本舒適地窩在新開幕的桃園圖書館總館看書。本來一天過得還挺平順。雖然突然下雨，在跑進來圖書館的路上有淋到一點雨，但剛好在這一位難求的開幕期間發現空位，找了本小說，等著晚點雨停之後再出去吃飯。

坐在附近的幾乎都是來唸書的國高中生。只是大多正與男女朋友沉浸在兩人的小粉紅泡泡裡，一直在相視著傻笑，看就知道沒在專心唸書。也有的人只是攤開書本發呆或是打手遊。觀察下來，似乎都不是真正來唸書的。

正當看小說到如入無我之境時，突然幾個字毫無預兆地，如同弓箭般刺入腦海。不得不停下動作，咀嚼著這段不請自來的話。也許是來自某本曾讀過的小說，大意是：「如果能避免死亡，就算只是輕傷擦傷也好。有些人身上帶著不只是輕傷擦傷就能解決的傷痕。」

不由想起這一週，在兒童血液腫瘤科第一天下午接到的新病人。他是位六歲的弟弟，急性淋巴性白血病，規律打化療中。這次入院是因為在外院發現泌尿道感染，轉介來這裡打靜脈注射型抗生素。泌尿道感染在一般人身上通常是小病，若是去看診所，可能開口服抗生素就會讓你回家再觀察看看，但對於這些免疫力很差的小朋友來說，無論多輕微的疾病都要謹慎以待。

去看他的時候，他正坐在輪椅上，用平板玩寶可夢。看起來精神還不錯，打道館也很順利。頭髮跟其他打化療的病人一樣，大多數都掉光了，只殘存一些細毛。身邊有位看起來很緊張的家屬，詢問後得知是媽媽。

問病史前已先看過他以前的病歷。為了打化療藥物，他已入院無數次，住院跟回家一樣。我跟他打招呼，他有聽到但沒有要抬頭的意思，仍舊沉浸在他的寶可夢世界。可能對醫師已經沒什麼新鮮感。兒科病人有時候不好直接問病史。我先詢問陪病的媽媽最近情況，有出現什麼症狀，去了哪些地方看醫生，那邊的醫生怎麼說……接著等他打完道館，再詢問弟弟自己的感覺怎樣。幾個問題下來，弟弟的回應總是很簡短，大概都不超過三個字。

我蹲下來幫他聽診，這時才發現他的鼻孔裝有鼻胃管。我詢問媽媽，他為何裝鼻胃管。她說因為打化療的關係，咽喉肌肉萎縮，沒辦法好好吞東西。腳也是因為這樣就走不動了。他還這麼小……

走回病房討論室的路上，步伐有點重。忍不住去想，十年後，那位弟弟會變得如何？

他會痊癒，像正常孩子一樣，去戶外教學，唸高中，談戀愛嗎？還是會像隔壁另一位十九歲的姊姊，經過親弟弟的幹細胞移植幾個月後，發現白血病復發，又回來住院。此刻正因化療導致口腔黏膜大面積潰瘍，多日難以進食。每天進病房看那位姊姊，她總是坐在床上垂著頭，像一尊皺眉的雕像，一言不發。氣氛窒息。

那位玩著遊戲的弟弟，知道自己的這一生，將要背負著什麼樣的痛苦嗎？

那天剛坐下來，準備打病歷。想到出現在《挪威的森林》的一句話：「死不是生的對極，而是潛伏在我們的生之中。」

對呢，許多人也許覺得生命就像一道門，門前是生，門後是死。自己在生這一邊很安全。但這些白血病孩子的生命從很早開始，就和死亡一同成長。死亡就如同影子，如影隨形，時刻潛伏在身邊。

待在這個病房，很難不去反思死亡跟自己的關係。治療過程中帶來的痛苦，像是死神無時無刻提醒著他們，死亡隨時就在身邊，無論要不要活，都得受苦。

治療痛苦，不治療更痛苦。

就算治療成功，以後還是有復發的可能。這裡的一切，都繞著死在旋轉著。

咖啡廳

我是需要咖啡廳來處理公事的人，不管是唸書還是準備報告，都會準時去咖啡廳報到。從小就認知到自己不是個聰明的人，慢慢摸索尋找比較適合自己專心的方法。去咖啡廳就是其中一種。

養成去咖啡廳的習慣，大概也是因為自己不太容易專心，翻開書本就會開始胡思亂想，需要一些無形的大眾壓力才會好好唸書。寫字其實也是，待在房間打手遊，一下子幾個小時就過了。

在長庚唸五年的書，林口臺地幾十家的咖啡廳大致都踏遍了，最近就把觸角伸到桃園市區的咖啡廳。即使走馬看花去過那麼多間咖啡廳，還是有幾間特別偏愛的，去了十次以上的那種。

大多數學生最喜歡去的咖啡廳是醫院兒童大樓對面，機場捷運A8站Global Mall一樓的路易莎。空間大，座位也多，與A7路易莎並列號稱長庚大學延伸圖書館。平日下午有也會有許多上班族來談公事。不過有些太過於熱門，期末考前的假日下午常常是一位難求。

偶爾不想去連鎖咖啡廳時，自己也有一些私房景點。龜山區振興路上的蠢咖啡，就是個好選擇。之前還在學校唸書的時候便常去，只要出體育大學校門左轉，沿著振興路一路往下騎就會到了。就算大五以後到醫院實習，距離變得比之前遠，還是偶爾會去喝杯咖啡寫東西。個人偏愛裡頭的音樂和環境。Marshall音響配上木質裝潢，待在裡頭像是戴著耳罩式耳機，細節充分表現，音樂共振感也很強。加上歌曲也是常出現在自己歌單的那幾首。坐下來唸書感覺時間過得特別快。

班上的同學們，因為考試很多的關係，幾乎都是咖啡廳的常客。每鄰近期末考，就能在IG上看到，林口或龜山附近的各個咖啡廳出現同學的身影。如果被問到，系上有沒有那種，平常看起來都沒什麼唸書，考試又很厲害的同學？當然有。

系上課業最重的大三上學期，有號稱魔王等級的大體解剖學和實驗，不管是老師或學長姐都警告我們要專心準備大體解剖課程，不但課業繁重，還要保握學習的機會，珍惜大體老師對於我們的期待。這堂課要把人體內幾乎所有的解剖構造記起來。這輩子從沒見過這麼龐大的知識量。

第一次拿到講義時，看著密密麻麻的解剖構造，心中想著，這些東西怎麼可能背起來。

課堂上老教授提醒我們，你們從小到大的教育都是考試取向，這是你們第一次的實作課程。你們很快地就會發現這世界不公平，大家不是站在同一個起跑線上，所以就算跑台考很爛也不要鬱卒噢。

一開始自己也曾經想試著好好跟上同學的進度，穩紮穩打地唸過去。但後來發現自己對於平面與立體空間感的轉換，比大多數同學慢上許多。平常唸課本和圖譜都沒問題，解剖學正課的考試也過得去，但解剖學實驗的立體構造，完全是自己的罩門。雖然不只是自己有類似的問題。除了少數天賦異稟的同學看看圖譜，馬上就能進入狀況，大多數同學都要額外花時間預習，準備隔天上刀的內容。而自己的情況似乎又更嚴重一些。這種問題也不知道可以怎麼矯正，該嘗試的辦法都試過了，還是沒什麼進步。

解剖學前幾次的期中考成績簡直慘不忍睹，對於當時覺得已經很認真的自己而言，心情更是雪上加霜。每天都十分憂鬱地回宿舍。也曾認真考慮過要不要轉系，後來決定至少先撐到學期結束再說。最後奇蹟似地，期末考稍微救了一點，再靠總調分勉強通過。

如果說進了醫學系之後，除了知識以外，自己學到最多的是什麼？

大概是面對自己的失敗吧。

過去也曾憑著一股衝勁，就相信努力可以改變一切，但經過那段時間的洗禮，也開始相信有些事是天生下來就決定的。雖然後天確實可以彌補一些，但大方向還是不變的。除非自己親身經歷過，否則也會覺得只是失敗者找的藉口罷了。不過也是因為經過那段時間的低潮，自己看事情的角度變得不一樣，更能體諒別人的處境。

不只是書上寫的談話技巧，而是實際感同深受的同理。就像偶爾在心中默默想著：「沒關係，那種感覺我也經歷過，我懂。」

查房

說起來見習醫師在內科，整天下來最重要的行程就是查房吧。會特別強調在內科跟查房，是因為內科的疾病通常是全身性的，病情複雜，需要住院的時間比較久。而外科系的病人大多比較單純，很多只是來開刀的。像開小刀的話常常都是昨天住院，今天開刀，明天就出院。偶爾在外科病房看病人，還會覺得怎麼病人看起來還比我健康。在外科見習，大多數的時間是花在老師的門診和刀房，查房通常比較快速。

平常醫師團隊的分工，一位主治醫師底下會有一到兩位訓練中的住院醫師或是專科護理師，組成一個團隊（team）。但有時也會有例外的組成，例如移植就是不只一位主治醫師的大型團隊。見習醫師的話則是看教學部或科上的安排，比較不固定，一個team上同時有兩位見習醫師（Clerk）或是沒有Clerk都有可能。住院醫師是照顧病人的主力。大多數的醫囑和臨床處置，像是開藥和抽動脈血等，都是由住院醫師負責。主治醫師通常每天會挑一個時間來病房，查看病人的情況，又稱為查房。

查房基本上是以一個team當單位的活動，當住院醫師或見習醫師發現老師的蹤跡，就會互相呼叫同team的人集合來查房。

雖然沒有明文規定，但查房有個約定俗成的流程：首先大家聚在電腦前，由住院醫師報告病人從昨天以來的近況，接著主治醫師會決定並說明接下來的治療方針。例如維持目前治療、哪個藥拿掉或是哪個病人讓他明天出院等。此時住院醫師要迅速記下老師說的醫囑，等查房結束再來開。接著大家會移動到病房，實際去看病人。從遠處看，就像是母鴨帶一群小鴨走路一樣。

書面的檢查結果和檢驗數值，常常會和病人實際的情形有落差。有時病人檢查結果還好，但實際去看病人卻感覺好像哪裡怪怪的，這時就需要再更謹慎一些。根據病人的臨床情形，治療方針可能還會有變動。

查房依照老師習慣的不同，實際上的流程也會有差異。有熱心教學的老師會自己先找時間看過病人，再另外和住院醫師約另一個時間，邊教學邊查第二次房。也有老師會在查房結束後，和住院醫師一起開醫囑。不過這些老師是從天上掉下來的禮物，可遇而不可求，大多數的查房還是以約定俗成的流程為主。

查房時間通常也是見習醫師一天之中，唯一可以見到內科老師的機會，而老師手握打分數的生殺大權，所以除非有教學活動，否則查房基本上會是內科Clerk一天當中最重要的行程。

而查房時間，往往也是可以真正認識老師的時候。一位醫師往往都有許多面向，面對病人、見習醫師或底下的住院醫師都可能會有不同的態度。像是有的老師在門診時對病人比較兇，堅持不幫他開刀。但等病人出診間後，才轉頭跟我們見習醫師說，這個病人如果真的開刀下去，雖然我會賺錢，病人也會覺得這個醫師特別為我著想，但手術完對病人不會有改善，這樣的話我寧願不開刀。

觀察老師與病人或是底下醫師的互動，可以獲得很多資訊，大概可以了解這個專科的特性。例如病人都是什麼類型、值班會不會很累或老師的個性如何等等。對於我們這些還沒選科的學生來說，是很重要的參考資料。

雖然專科和老師的個性聽起來好像沒什麼關聯，但如果有在醫院走跳過，還是多少能感覺到不同科的醫師，確實都有自己的特色。像是外科的老師通常比較豪爽不拘小節，內科老師就比較內斂一點。各次專科的醫師也有各自的特色，像是外科系中的泌尿和直腸肛門科，醫師比較幽默風趣，在刀房邊看刀邊聽八卦，瞌睡蟲都被趕到九霄雲外，在那裡大概能聽到全醫院所有的祕密。

隨著有越多時間觀察老師，也會慢慢開始發現在這個體制下，有許多值得思考的地方。過去在臺灣社會中，醫師的地位遠遠凌駕於病人，治療決策是醫師說了算。現在病患意識抬頭，不再是醫師的一言堂，醫師和病人共同決策醫療決定，本質上確實是好事，但檯面下也多出一些問題。

最近醫療資訊進步飛速，網路上搜尋幾個關鍵字，就會跑出有許多關於疾病的介紹和治療。但網路資訊往往是簡化又包裝過的結果。實際情形往往祕而不宣。大概只有在臨床場域的醫師，才會知道箇中妙趣。換句話說，病患的醫療資訊的確變多了，但許多資訊都含有廣告的成份，來源不一定是公正的。

觀察下來，大眾對於假藥和密醫已有基本的認識，不過對於證據的公信力仍然需要再補強，尤其是在這個資訊氾濫的年代更為重要。在網路上常常見到廣告標題寫著「醫學專家建議」或「醫學研究證實」，看起來好像很專業。但實際上面對這些資訊時，我們仍然應該謹慎看待。首先研究結果的解讀不一定是適當的，有時明明是特殊族群的結果，卻被套用在一般人身上。研究本身也會有證據等級的區別，像是數千人的統計結果會比一個人的病例報告更為可信。

神經外科的自費醫材是出了名的貴。之前在神經外科的時候，老師向病患解釋某個醫材，最貴和第二貴的相差十幾萬，但主要只差在是不是拋棄式器械。對這個病患而言，兩者實際用起來的結果會差不多，老師推薦可以用次之的醫材就好，也有解釋最貴的醫材主要是用在部分傳染病高度盛行的國家，在我們這邊不需要。但病患堅決不肯，只想要用最好的。從病房出來後，老師搖搖頭，有些無奈地嘆氣說：「唉，想幫他們省錢，他們還不要。」

若是要從頭到尾對病患說明清楚，除了需要許多解釋時間，病患也需要相關的醫學基礎，現實上難以實現。

醫病之間，還是有巨大的資訊落差等待著克服。

霧

林口臺地起霧，而且常降臨得猝不及防。往往只是下過毛毛細雨，白牆就突然升起，醫院巨塔籠罩在霧中。小霧通常沒什麼影響，行走在其中另有一分滋味。學生打卡拍照，為賦新詞強說愁。但若到伸手不見五指的程度，就會讓附近本來就很緊湊的交通雪上加霜。

躊躇的車龍和舉目白茫茫，時間好像被調慢了，所有事物緩慢進行著。

每當起霧，就想起張惠菁在《比霧更深的地方》曾寫過：「年輕時候看世界，總想看得分明，覺得它應該分明。中年看世界，就明白有些事物確實是籠罩在霧裡的，這世上也有只在霧裡才會出現的風景。」

有什麼東西是在霧中才能見到呢？

西方醫學是講究證據的科學，對於一個診斷，背後必須有相對應的證據支持。對於醫學不確定的病痛，我們會傾向說自己不知道，不捏造出沒有經過驗證的診斷。畢竟醫學有傷害人體的特性，且這樣的傷害時常是永久的。無論是開刀或開藥，我們都是以破壞一個人的完整性的代價來換取可能的治療效果。建立在這個基礎上，醫學的進步更是要如履薄冰。但這個系統也隨之產生了一些問題。想必許多人共有某個回憶：某天你抱著忐忑的心情走進診間，向醫師訴說最近的不舒服，醫師聽完後沉思一下，跟你說這應該「還好」。

「還好」是什麼意思？醫師好像回應了你的疑問，又好像什麼都沒講。

根據國家教育研究院《國語辭典簡編本》第三版，「還好」這個詞有兩個意思，第一個為「尚可，過得去」，第二個是「幸好。有僥倖或慶幸的意味」。回到大家的經驗，我表達自己的病痛，受苦的是我，不是醫師。醫師站在旁人視角，憑什麼說這個病痛「還好」？

直到見習過了半年，自己才漸漸理解，在醫學中的「還好」是什麼意思。

我個人覺得問診的過程和海盜桶玩具有點像。你說了某個症狀，就像在海盜桶上插了一根劍，海盜頭沒有跳出來，不是因為你的症狀沒有意義，而是描述的症狀沒有觸發到診斷的條件，也可以說是海盜桶的機關。

也像是在打彈珠台。玻璃珠彈出後，隨著鐵釘咚咚咚地落下。每根鐵釘都是一個分類，也許是「有沒有腹水？」或是「白蛋白有沒有低於3.5(g/dL)？」。理想情形下，應該每顆彈珠最終都會落到屬於自己的那格診斷。但現實時常是，彈珠咚咚咚地就不・見・了。換句話說，這個病痛找不到屬於它的診斷。

因此醫師說的「還好」，並非他處於同情你的立場，說你的病痛尚可，還過得去，沒那麼重要。更像是在說給他自己聽，說明這個病痛並沒有滿足觸發醫學介入的條件。舉例來說，在病房常常會有病人抱怨拉肚子，拜託醫師開止瀉藥給他，幾天後就變成抱怨便祕。因此醫學的介入不一定總是最好的選擇，醫學行為本身就有破壞人體完整的特性，必須要更加謹慎。

暫時不作為，再觀察也是一種方法。

但人總會期待自己的病痛有個解釋，身體發生了自己無法理解的毛病，光是擁有這個想法就會令人無比焦慮。對一個人而言，自己是受到風寒還是腺病毒感染，也許不是那麼重要，他想要的只是一個合理的解釋。這種傾向於以自己可理解的方式看待身體的本能，也許是自然醫學一直屹立不搖的原因之一。

《伊凡．伊里奇之死》書中某一段落，可以更精確地表達人的本能與醫學之間存在的巨大落差：「伊凡．伊里奇最關心的問題只有一個：他的情況危不危險？醫生卻對這個不恰當的問題不理不睬，就醫生立場而言，這個問題毫無意義，不需要進一步討論。只有腎移位、慢性黏膜炎和盲腸炎的機率問題，沒什麼攸關伊凡．伊里奇生命的問題；只有到底是腎移位，還是盲腸炎的爭議。」

醫學有稜有角的邊界，像是拼圖一樣，總會有些縫隙。部分病痛散落在這些縫隙中，它們不滿足在醫學上有足夠意義所需的條件，被遺忘在醫學的巨塔之外。

在這些裂縫中所見的事物，就是在霧中才能見到的風景，若要仔細觀察，卻又像彈珠咚咚咚地就不見了。

早餐店

之前在學校的時候，就像是一般的大學生，上下課時間不固定。有時下午才有課，可能就會睡到接近中午才起床，不一定會吃早餐。不過進醫院之後，生理時鐘提前到六點多，這時就不得不吃早餐了。

醫院地下一樓的美食街雖然有早餐店，但往往很早就賣完。有時開完晨會剛好有空，下樓去覓食就發現大部分的東西都沒了。不過還好另一側的麵包店也有賣一些三明治和麵包可以充當早餐。

不用去醫院的日子，在搬到新家前，我常會光顧大湖國小旁的傳統早餐店，就在大湖紀念公園的斜對面。

大湖紀念公園顧名思義，裡面有一座大埤塘。雖然考究《龜山鄉志》，清代這附近已有大湖之名，大湖是指在寬盆地中形成的聚落。但自己實際造訪大湖紀念公園散步，湖邊的立牌說明過去大湖這裡，是真的有開鑿過七公頃的大塘，用以灌溉附近農田。

後來日據時期的行政劃分將林口臺地一分為二，臺地的桃園部分在當時稱為坪頂，意為臺地頂端之平坦。坪頂昔日為主要產茶區，現在則是工四工業區和倉儲區[1]。當時這附近以坪頂為名的村莊就有坪頂頂湖（楓樹坑）、坪頂大湖和坪頂下湖。頂湖是現今這一帶的鬧區，鄰近工四工業區、中央警察大學和大崗國中，大致是今日樹人街、新興街以南的區域。大湖過去在日據時期是人口熱鬧區，不過現在大多以倉儲鐵屋為主，主要是樹人街、新興街以北的區域。下湖則是湖頂西南，大湖南方的區域[1][2]。

假日會有許多家長帶著小孩來到大湖公園放風，每年紫藤花季時，還會吸引一批前來賞花的遊客。埤塘對面有間名為鹿麓五金的咖啡廳，裡頭除了賣咖啡和甜點，也有展示許多收藏的五金用品。

某次去吃早餐，可能接近打烊時間的緣故，早餐店整間冷冷清清的，只有我一個顧客。店員準備完我的餐點後，隱身在櫃檯後方邊喝飲料邊滑手機。電視播放著靜音的新聞。

周圍只有忠義路傳來偶爾出現的車輛呼嘯聲，和國小似有若無地傳來老師上課的聲音。四周一片靜悄悄，感覺不到時間的流動。

想起過去還在國高中唸書時，坐在硬邦邦的椅子上聽著台上無聊的講課，望著窗外發呆，也是這種感覺。忽然，學校的鐘聲響了。我下意識地想著，現在第幾節課了。

接著想起，啊不對，我已經是脫離學校的人了。

我，已經，是脫離學校的人了啊。

過去如此渴望脫離學校的制度，不要考試，不要讀書。每天都在倒數著畢業的天數。直到考上學校，恨不得馬上把所有教科書都丟掉。但如今真實地離開學校時，卻又帶有些許不捨。好像自己的某個部分從此消失不見。深究這種感覺，也不是想要回到學校。跟讀書相比起來，自己似乎更喜歡工作的感覺，雖然責任大了很多，也有許多身不由己的時刻。常常做一些莫名其妙的事。但起碼比枯燥的課堂好多了。

前幾天剛整理過村上春樹在《村上收音機》寫過的一段話：「人在剛剛說過『再見』之後，其實是不太會死的。我們真的會死掉一點，是在內心深處面對自己已經說過『再見』這個事實的時候。」

就像是當初離開學校的時候，沒有什麼特別的感覺。直到這天我坐在早餐店，聽到鐘聲，才發現自己原來真的已經離開學校了。

我們都是被時光邊推著走邊長大的。

[1]《臺灣省通志二卷——土地志》，四三〇頁，臺灣省文獻委員會。

[2] 桃園縣龜山鄉鄉公所，《龜山鄉志》（一九九七），頁六十二。國家圖書館臺灣記憶系統，取自https://tm.ncl.edu.tw/article?u=006_001_0000408236。

報Case

在醫院，每位老師對見習醫師都有著不一樣的期待。有的老師期待比較低，覺得你只要該去的晨會有去，該上的課有上，查房的時候有出現就好了。也有些老師期望比較高，希望我們能每天報case。

報case簡單來說，就是把這個病人的情況以病史（Medical history）的方式，因果連貫和簡明扼要地解釋。例如為什麼來住院，入院做了哪些檢查，最近發生的事件以及目前問題。報case本身並沒有嚴格規定要包括哪些內容，時間可長可短。若是每天查房前的報case，可能就只包含從昨天以來病人狀況的更新。而若是要晨會上台報case conference的那種，就要詳細地準備病人入院以來發生過的大小事。

說來簡單，報case卻是一門高深的學問。

在醫院有許多的團隊會共同照顧病人，每個團隊都會留下自己的記錄。醫師有病歷，護理師有護理記錄，呼吸治療師有呼吸記錄，檢查室和檢驗室也有另外的記錄。這些記錄像是大雜燴，報case就是把這些大雜燴中的精華找出來。

當然實際去問病人也是很重要，但有時被分配到要報的case不是自己顧的病人，也有可能是已經出院或飛走的病人，沒辦法再問出什麼來。這時準備報case，就像在礦坑中挖寶藏，在茫茫文字大海中試著找出重要的資訊。這些資訊一開始是零散的碎片，報case要試著用一兩個診斷，把這些碎片用診斷串連起來，形成合理的故事。這也是個人認為報case最困難的地方。

一個疾病往往會有許多面向，譬如常見的泌尿道感染，除了頻尿或解尿困難等泌尿道症狀外，也可能會出現發燒等全身性的症狀。檢驗數據可能發現白血球數目升高和發炎指數升高。這些結果會四散在各個團隊的記錄裡面，例如頻尿可能在病歷出現，發燒會在護理記錄或生命徵象記錄單（TPR Sheet）出現，白血球數目升高可以在實驗室檢驗報告中得知。而實驗室檢驗往往是十幾項同時檢驗，不會只驗白血球數目和發炎指數。此時就要衡量每項數據的重要程度，把跟泌尿道感染比較有關係的數據放進來，看似無關的先排除。

所以報case講起來會像是：「這是一位××歲女性，她這次入院是因為前天出現頻尿與解尿困難的症狀，隔天開始發燒到三十八度。來急診後，實驗室檢驗發現白血球跟發炎指數都有升高。加上其他的檢查……綜合以上，我們目前懷疑她是急性泌尿道感染。」

如果問說，為什麼準備報case時不去查教科書就好？

教科書會把所有可能都列出來，一個疾病可能洋洋灑灑列出來有幾十項表現。但報case的方式也會與每位老師的習慣有關，而教科書不會告訴你哪些數據是參考即可，而哪個才是最重要，一定要報的東西。例如有些老師會特別重視理學檢查，或是不同老師對於特定檢查的標準不一。

有個經典的例子是反應性蛋白（CRP），這是一個臨床常用，測量發炎情形的指標。但CRP這個指標並不總是很有代表性。數值高不代表一定在惡化，數值低也不代表沒事。每個老師根據幾十年來自身的臨床經驗，會有屬於自己的一套標準。有些老師可能覺得升高到某個數值以上才有意義，否則都還可以再看看，但其他老師也許會有別的想法。像這種時候，學長姐就會教我們在報case時，要把CRP的數值講出來，不能只說上升或下降。因為每個老師的習慣不一，這樣報case會比較保險一點。

諸如此類的許多要點，都與報case息息相關，卻很少白紙黑字地寫在書本上，往往需要實際在臨床累積經驗，報case才能更加熟練。

下山

長庚的醫院和校區，大約相距四公里左右。一般醫學院的校區就在醫院隔壁，我們醫學院相比起來遠了不少。四公里是個有點尷尬的距離，搭公車只搭幾站就要下車，等公車的時間比搭車的時間多很多，走路又太遠。說長不長，說短不短。

長庚的校區很特別。長庚大學、長庚科技大學和體育大學三間學校的校園是相連在一起的，三校共用體大一路作為出入口。長庚大學與長庚科大共用一部分的校園，兩校的學生也常去隔壁學校的學餐覓食。而體育大學校地空曠，假日常有家庭坐在大草坪上野餐，也是我們之前帶校狗散步的好地方。

因為林口是臺地的緣故，離開臺地到臺北盆地需要經過一段不短的山路。隔壁長庚科技大學的學生，就會把離開學校叫作「下山」。若要到附近的新莊區，大致上是利用青山路、壽山路跟體育大學後方的樂生坡這三條路。

青山路從機捷體育大學站出發，除了起點有個接近一百八十度的彎，其餘坡面平緩，路比較寬（雙向二線道），相對安全，也是自己不趕時間會優先選擇的路。壽山路自文桃路末端出發，可到臺北捷運丹鳳站附近。壽山路坡面相對就陡許多，是雙向單線道，下坡時大概有八成的時間都在煞車，不過下山確實比青山路快。

體育大學後方的小徑，這條路大概只有學生跟在地人知道，因為出口在樂生療養院旁，俗稱「樂生坡」。第一次若無人帶路容易迷路。我也是在社團遛狗時，用狗鼻子意外嗅到這條傳說中的道路。這條小徑自體育大學棒球場旁出發，一路陡下坡，可到臺北捷運迴龍站附近，是下山最快的路。路邊有告示提醒應避免汽車通行，部分路段晚上沒有路燈。這條路我只有騎過幾次，每次騎完感覺都少一條命。

說到騎車，小時候自己在南部，交通規則還沒抓得那麼嚴格的時候，機車幾乎是兩條腿的延伸，只要人在的地方，不管是哪裡，都常常見到機車的身影。直到現在，大多時候也還是騎車為主。

不知道是不是因為北部生活比較匆忙，北部人騎車的速度普遍比南部快上許多，對慢車的容忍度也比較低，隱約之中似乎有種無形的秩序約束著每位騎士，只要有人脫隊就會被按喇叭。自己剛來林口臺地時，對於這種地區差異相當不習慣，但久了之後也就漸漸地被同化。偶爾回高雄騎車，自己反而變成格格不入的那個人。

進到外科見習後，才真實地發現騎車的確是件危險的事。偶爾見到受到撞擊後腦部缺氧，陷入昏迷躺在加護病房的年輕人。雙眼緊閉，對痛覺完全沒反應。老師說，像這樣的case，預後會非常差，可能再也不會醒來。

整形外科則會看到四肢受到撞擊之後，變得不方便活動的病人。雖然跟昏迷比起來似乎輕微許多，但對於像手掌這樣極為精密的構造，功能的喪失往往是永久的。想像一下，如果自己的手無法抓握，拿不住東西，對生活會有怎樣的影響。沒辦法騎車開車、拿筆打字，也沒辦法做家事。生活品質和工作大概都沒了。

前幾天在網路上，見到有網友在車禍影片底下留言：「反正現在手術技術那麼好，斷掉後再接回來就好。」但實際上不光是只有接回去那麼簡單。一方面手術只能盡量保留大的神經血管，無法全部都保留下來。另一方面，手術後的傷口會產生疤痕組織，這些疤痕組織會影響手指的活動，無法恢復到和受傷前相同的樣子。外觀可以試著重建，但能不能回到原先的功能又是另一回事。

在整外的刀房見習時，遇到一位手術後肌腱重建的病人。是小範圍手術的關係，用局部麻醉。局部麻醉跟全身麻醉不同，只在傷口周圍打麻醉劑，病人本身是清醒的，也可以講話，不用像全身麻醉那樣需要插管。

手術到一半，流動護理師學姊發現她默默地在掉眼淚，問她還好嗎？

「還可以，只是有點害怕。」

她是一位二十歲出頭的女生，還在南部大學唸書。某天放學，在騎車回家的路上出車禍，手掌受到外力重壓。左手無名指的遠端指節雖然緊急手術接回，但幾天後組織灌流不佳，缺血壞死，接回的手指保不住，還是切掉了。手指剩下的部分在當時術後恢復得不理想，難以彎曲和伸直。這次來醫院處理肌腱功能和無名指外觀的整形重建。

「妳目前是在唸大學嗎？」

「對。只是目前休學一年。」

「因為受傷嗎？」

「嗯。」

喜歡電繪。喜歡拉琴。想成為插畫家。這些都隨著去年的車禍，畫下句點。

手術本身相當成功。剛結束時，雖然手指還沒辦法完全彎曲握拳，但跟術前相比已經進步許多。剩下就等傷口復原和復健。

下週回診時自己剛好也在場，便替她換藥和檢查傷口。

在打開紗布的過程中，她的情緒有點不穩定。聽轉述得知，受傷後這幾個月來，對她造成相當大的創傷，之後便開始抗拒讓別人碰她的手。我們暫時放下手上的工作，讓她休息一下。最終在大家的安撫下，順利換完藥。

十分鐘後左右，我們聽到敲門聲。是她來為剛剛的激動道歉。老師讓她坐下來，聊了好久。

其實我也不知道這個故事能帶給人什麼啟發。這和心理分析不一樣。不會因為知道了什麼，某件事就能變得不一樣。不過也可能是因為這樣，之後的幾個星期，自己身上一直拖著沉重的無力感，半個字也寫不下去。

孤獨感

如果被問說，自己出來住的最大挑戰是什麼，我想大概是克服孤獨感吧。過去學校宿舍是四人房，幾乎沒什麼獨處的機會。假如真的覺得無聊，只要走出門跨三步就能找到隔壁房的鄰居串門子。

而自己出來住後，可能在某個夜裡，窗外除了偶爾聽見的狗吠聲，其餘一點聲音都沒有。你已經準備好明天出門的背包，刷完牙，滑完限動準備睡覺。

突然間，熟悉又陰森的感覺悄悄爬上背脊。脫離網路的保護後，外界和你再也沒有關聯，視窗中那些朋友好像又成為與你無關的人。內心的空虛感被暴露。這個世界越縮越小，只剩下你和你自己。

重啟網路的誘惑是如此動人，這種誘惑聯想到李維菁在《老派約會之必要》中曾提到：「……止不了真正的匱乏，但架上開放自取的這麼多溫柔，口味不同，香味不同，癮頭總是可以暫時平撫……暫時，此時，彼時，又多一時，於是此生。」

雖然在印象中，像這樣平常寫一些亂七八糟東西的人，應該很善於獨處吧。但誠實地說，我跟一般人平常擔心的東西沒什麼區別。會因為一些無關緊要的瑣事緊張得睡不著，也會被某個奇怪的聲音嚇得緊張兮兮。

小時候覺得，長大後變勇敢，就不怕自己一個人了吧。但這份孤獨感似乎不會隨著年齡消失，它像是內心的魔鬼，會在四下無人時悄悄潛入心中。這種孤獨感會隨著年紀逐漸成長，如影隨形地跟在一個人的旁邊。無論怎麼防範，外表假裝得多麼堅強，它總是有辦法趁你不備時，突如其來地攻擊。

好像克服獨處這件事，是每個人成長必經的過程。光鮮亮麗的人擔心會失去大眾的關注，灰暗的人害怕一生默默無聞。就像是白狗怕弄髒毛，黑狗擔心別人看不到自己。

雖然自己也還在緩慢學習如何獨處，但可以漸漸感覺到，雖然人是群居的動物，但我們同樣也擁有可以獨處的能力。這樣的能力讓我們在看不見前方的前提下，仍然可以依靠著自己的直覺來指引方向。同樣的直覺也告訴我們「自己是誰」，並非來自外界的評價，更像是自己對於自己的自信。

你知道自己是誰，是因為瞭解自己。

心理諮商中有句話說：「當酒鬼發現自己是酒鬼，他就好一半。」

當你認知到自己正感到焦慮時，似乎就不那麼焦慮了。聽起來好像有點模糊，但以這樣似是而非的解釋，比起強硬地用文字去定義它，似乎可以更接近真實的情況。

我們不管如何想辦法逃離自己，總有一天會被害怕獨處的自己捉到，最終還是得誠實面對自己的內心。這對於創作者而言，又是更加重要的事。如果寫散文，自我會在表達感受時流露出來。如果是小說，除了高明的寫作者可以在架空的世界創造新規則，否則創造人物時，自我的小尾巴便會不經意露出來。換句話說，如果不直面內心，創作就會受限於自己。

過去曾費力向外尋求，不讓自己那麼焦慮於獨處的辦法。當時相信只要找到那個寶藏，所有焦慮就會一勞永逸地消失，所以很認真地去探索，去尋找。有時似乎碰到答案的邊緣了，卻發現事情不是理想中的樣子。

但其實那個寶藏根本不存在的。

說來奇怪，正當我接受寶藏其實不存在的事實後，放棄找尋的那個寶藏居然就出現了，寶藏原來就藏在自己身上，只是當時我不相信這就是寶藏罷了。

又下雨了

林口臺地的冬雨，下到懷疑人生。冬雨可以連續下一到兩週，每天寒風刺骨，又溼又冷。待在醫院因為有中央空調，比較沒有溼冷的問題，但只要一離開醫院，經常室內室外到處都溼答答的。

小時候在南部，冬天通常晴朗無雲，還可以把棉被拿去頂樓晒。現在林口這邊，每天運動鞋底積水，又冷到刺骨。真是很適合厭世的地方。只用我的形容，可能有誇大的嫌疑。改引用來自基隆的另一半的話：「還好吧，這邊冬天就跟基隆差不多。」

嗯，聽起來似乎不太好。

我們這屆大五的見習醫院都在林口長庚。大六除了林口和高雄這兩間醫學中心外，也可以選基隆或嘉義院區作為主要見習醫院。在選院區前的說明會上，在其他院區見習的學長姐回來林口院區，分享在不同院區見習的經驗給我們參考。嘉義和高雄院區的學長姐們一致建議，把南部的好天氣納入考量：「光是冬天能晒到太陽，心情就會不一樣呢。」

不過跟現實一樣，天氣大多是無法選擇的，只能靠自己的調適。當然「調適」不是件簡單的事。隨著年紀增加，身邊或多或少有些朋友及同學，因為調適不良，淡出競爭圈休息。這些同學大多會默默地淡出大家的視線，等到回過頭發現時，可能就是被告知他們生病的時候了。

前陣子關於身心疾病的討論沸沸揚揚，從有人說憂鬱症就是不知足，開始一連串的討論。目前觀察主流的輿論是認為，憂鬱症的人本身沒有錯，只是大腦生病。這個討論其實很有趣，背後牽扯到精神醫學的演變，即精神疾病的詮釋，是如何從精神分析轉變成神經學理論的。

雖然社會大眾並非實際在醫學場域工作，對於精神醫學相關領域也不是十分了解，但卻能由討論（或筆戰）中得出以上的結論。那麼是否表示神經學理論的某些東西，也許是深植在每個人心中的？

在《兩種心靈：一個人類學家對精神醫學的觀察》當中提到一段話：「如果某種事物是存在於身體之中，那麼個人將不會被咎責；身體在道德上總是清白的。不過，如果某種事物是存在於心智之中，那它就可以被控制和掌握，而沒辦法做到的人就會有道德上的責任。」

那麼這種主流觀念的變遷，是不是也表示大家開始把身心疾病「除罪化」，將人和疾病視為不同的東西，減少對於精神患者的道德責任？

也許是自己有類似經驗的關係，對於這樣的想法別有感觸。雖然把身心疾病當作大腦生病，是一件很吸引人的事，可以減輕自己的道德責任。但坦白說，連我也不是很能分辨，究竟是自己本身就有這種傾向，抑或真的只是大腦生病？

像是自己從小就不是那種很正能量的人，之前也每天都過得鬱鬱寡歡。比較大的轉折點大概是幾年前偶然讀到村上春樹的文字，發現原來也可以這樣看事情。發現自己不是很正向的人，就不再一味地追求每天都要開心積極地過，轉而把注意力放在如何處理自己的負能量。說也奇怪，當接受自己本來就很厭世的事實後，原本不能夠接受的事情，漸漸地就好轉一些，用藥也越來越輕，最近幾年就只維持著防止週期復發所需的劑量。

自己不知道在過去在低落期時，曾經搞砸多少事，得罪過多少人。有段時間也曾經怨天尤人，想著究竟為何是自己。但某天在《我們回家吧》書中讀到：「曾經受傷是要我們懂得，別用自己的傷痛再去傷害與我們不同的人。」之後的心態似乎就變得不太一樣，變得寬容許多。能發自內心的理解也許有些人表現不如預期，不是他自己願意的，也更體諒那些有難言之隱的人。我想如果不是自己曾經也掉進洞裡，大概是無法理解那種感覺的。

不過不能理解也沒關係，畢竟過去的自己也是這樣。

關於自我調適的方式，是非常主觀的。網路上有很多關於如何面對低潮的雞湯文章，聽起來好像很有道理，但現實生活往往都不是喊著加油就能一帆風順的模樣。也不需要一定要照著誰的方法，依小弟我這幾年的想法，只要好好傾聽自己的聲音，感覺這樣做會有改善，那就對啦。

很多事情確實要親自走過才能體會，從旁人的口中說出來，就有點說教的意味了。

病歷

病歷是醫療人員之間賴以溝通的工具，通常有個制式的格式，好讓不同醫院甚至是不同國家的醫療人員，可以依照這個模板，添加病患的資訊，相互溝通，讓對方在短時間內了解這個病患的狀況。

在臺灣，除了精神科的病歷偶有例外，大多病歷都是以英文書寫。主要是因為西方醫學來自歐美，單字當初在設計時就從歐美的角度出發，許多醫學名詞還沒有相對應的中文詞彙，造成翻譯上的困難。之前對於病歷中文化有許多爭論，自己也同意病人應當有讀懂病歷的權利，不過中文的醫學詞彙尚未有統一標準，如何好好翻譯病歷就會是個值得討論的議題。

而病歷在某種程度上，也限制了醫療人員的思考模式，甚至也會影響我們與病患之間的溝通。

我們被訓練在短時間內，去分析一個「人」，有結構地將分析的結果記錄在病歷上。因此在看到某個人時，會習慣用病歷的方式對一個人做分析，進而形塑我們對人的看法。

舉例來說，入院病歷（Admission note）中有個項目稱為主訴（Chief

complaint）。這個主訴是由某個症狀加上時間所構成，像是發燒至三十九度三天（Fever up to 39℃ for 3 days.）。主訴代表病人這次入院最主要的問題，通常只會有一個症狀。

大多數人直覺會覺得，症狀之間的等級是相同的。大眾可能認為，發燒咳嗽流鼻水這些症狀都一樣重要，但對病歷而言，只會有一個最重要的症狀被寫進主訴，其他的症狀會放在後面的現況病史（Present illness）做補充。

這件事為何如此重要？同樣一位病人，症狀是發燒和疲倦。把發燒講在前頭，或者把疲倦放在前面，會給醫師不一樣的初步想法。雖然透過詳細的病史詢問和理學檢查，還是會條條大路通羅馬，達到相同的診斷。但以病歷的角度來說，主訴仍會是第一個被考量的症狀。因此大家今後看醫生時，可以把認為最重要最困擾的症狀放在第一個講。

剛剛有提到入院病歷（Admission note）這個詞，顧名思義是一位病人開始住院所做的記錄。入院病歷通常會比較詳細，包含主訴、現況病史、個人過去病史、家族史、初步檢查結果、初步診斷（Impression）和治療計畫等都會考量進去。

另外在住院中比較常見的，還有病程記錄（Progress note）。醫師會每天記錄病人的病情變化與用藥調整，寫進病程記錄中。病程記錄也有固定的模板：SOAP，可用肥皂的英文幫助記憶。S是Subjective，代表主觀症狀，例如病人說他從昨晚開始肚子痛，我們就會把這個症狀放入S。O是

Objective，為醫療人員所做的客觀檢查，例如今天抽血的數據和理學檢查的結果。A是Assessment，即醫療人員對疾病的猜想，我們針對主觀與客觀的發現，猜測疾病是什麼。用「診斷」這個詞可能比較好理解，值得注意的是診斷並非固定不變的。隨著檢查結果的出爐，原先對疾病的猜測可能會「翻車」，替換成更佳的診斷。P是Plan，即治療計劃，記錄目前的治療方式與接下來準備做哪些事。

在寫病歷的過程中，個人感覺病歷其實是個很主觀的記錄。拿著寫好的病歷拿去給十位學長姐改，大概會得到十種不同的建議。也曾聽過不只一位學長姐說，若不是自己寫的病歷，通常參考就好，還是會以自己親手記錄的為準。

醫療人員發明病歷，卻在長期的使用下，反過來被病歷影響了思考的模式。仔細想想，還真是件有趣的事。

那些殺不死我的，必然使我更——？

那天外傷科晨會，老師們討論著team上一位自殺未遂的伯伯。那位伯伯前幾天在自己家裡，於下巴下方還不到頸部的位置，用刀劃了一道極深的傷口。老師們熱烈地討論頸部和下頜的刀傷，在檢查和縫合方面的處置會有什麼不一樣。

他自述沒有身心病史，沒有看過精神科，也沒有用過精神科的藥。過去是一家五星級飯店的廚師，喜歡去世界各地旅遊，五大洲都有他的足跡。不過最近十年來，肺部快速退化，吃藥也無法改善。醫師告訴他，肺部已經受到不可逆的破壞，未來只會越來越糟。他的靈魂禁錮在身體裡。每走一步路，呼吸就變得更加困難。

當時我和那位伯伯聊天到一半，護理師學姊在旁邊聽邊抽血，也說：「難怪你會受不了。」

某天，他終於退化到難以下床的程度。想起過去自由無拘的時光，他萬念俱灰。

「阮都已經八十幾歲了，再活下去也沒什麼意思。阮只是大家的負擔，難道不是這樣嗎？」

他挑了一個家人不在的時候，拿起陪伴自己幾十年的菜刀，朝頸部劃下去。隔天，他住進了這間加護病房。

「我失敗了。天公伯不讓我走，這是伊對阮的考驗。」

淚水從他的內側眼角流出，順著鼻翼滑落，形成一道水痕。

好像成長到了某個時刻，人們就會發現眼淚不能改變什麼事，但這也是我們改變不了的事。

可能頸部附近有傷口的緣故，伯伯講話聲小，有點含糊，我三分懂七分猜。

「阿伯你說喜歡看別人在網路上講什麼，那你平常都有在用電腦喔？」

「阮的意思就是講，阮本來就會用電腦。你們讀這麼多冊，頭腦就不會轉一下，安捏袂塞啦。」說完閉著眼搖搖頭，好像我真的做了什麼糟糕的事。

那天早上在靜謐獨居的加護病房，溫暖的陽光灑進來，生命徵象監視器發出緩慢穩定的逼逼聲。我們安靜了一會。

「阿伯，你回家之後還會不會再傷害自己？」

「不會了啦，之後就好好過下去。」

不過來會診的精神科醫師說，伯伯是高自殺危險的病患，如果回家的話，還是有可能會再被送回來。我知道自己嘗試所做的，幾乎僅是徒勞。世界依然會繼續無情地運作下去。伯伯的肺不會復原，仍然哪裡都去不成，繼續被困在這個軀殼裡承受著痛苦。

誠實來說，自己並不覺得Happy ending是一個故事所必要的，畢竟這些在現實的大多數時刻都不會成立。

雖然聽起來只是一個普通的自殺未遂個案，不過仔細想想，這似乎也是我們每個人到了生命末期的縮影。我們出生後辛苦創造了一些東西，死後也帶不走，換句話說，失敗和徒勞才是人生的常態。

找房

大五快結束時，決定大六要搬去離醫院更近一點的地方。為了找之後要住的新房子，真是傷透腦筋。

林口長庚醫院周圍算是租房的熱區，主要承租戶是林口長庚及華亞科技園區的員工。過去醫院新宿舍還沒蓋好，許多醫護人員會在附近租屋。華亞園區則是因為公司比較偏遠，許多員工也會選擇住在生活機能較佳的院區。

院區有十幾棟專門作為出租用途的大樓。這些大樓大多座落在機場捷運A8站附近，也有幾棟是在文化七路上。當初建造的時候就以出租的角度出發，裡頭的房間與動線特別設計過，成為一間間的小套房。這些大樓有專業的管理人在經營，包辦垃圾處理和公設維護，房客只要拎包入住就好。不過這些大樓的裝潢大多有點年紀，價格也較一般自宅出租高一點。

在這附近租屋，擁有較多房源的大概是Facebook社團的「北漂林口租屋」和591租屋網。兩者皆有大量的房東房客，每天都會有新房間要出租。我已經算是比較早開始找房了，原本以為可以運氣好，馬上就看到喜歡的房間。但是找了將近一個月，仍然找不到覺得理想的房子。不是傢俱舊到無法正常使用，就是預算超過太多，不然就是在防火巷加蓋，打開窗戶就是隔壁餐廳排出的油煙。

話雖如此，這段時間仍有一些額外的收穫。像是在看房的過程中，漸漸地培養出對於房子的敏感度。後期只要看591租屋網的房間資料，就可以猜到這間房間在未來幾週能不能租出去。就像是狗鼻子只要聞一下路燈，就能猜到今天有幾隻兄弟經過這裡一樣。

如果問說，這些東西有沒有用？嗯，是蠻沒用的。畢竟這些對自己的醫學知識沒有進步，面試和未來選科也用不上。還花了大把時間在原地繞圈，最後也沒找到想要的房子。從結果論來說，就是沒啥意義的事情。但假如就這樣放棄這些經驗，似乎又有些莫名的可惜。我們的生活經驗，也許就是由這些看似無意義的事物累積起來的。

如果要定義這種在社會中立足所需要的事物，也許類似於「通識」吧。如果沒有通識，雖然生活混亂一些，也還是活得下去。從另一個角度來看，除了醫學以外，我們也是一個與社會相互拉扯後，慢慢找出自己立足點的人。伴侶、家人、朋友和隔壁的鄰居也是我們生活中的一部分。透過這些或緊密或鬆散的關係，我們在無形中與這個社會連結著。

假使生活被醫學和升等填滿，眼前只剩錢和地位，每天想著如何踩在別人身上往上爬。也許一段時間後，會成為有點怪的人也說不定。當然「怪」也沒什麼不好，每個人或多或少都有點怪，只要不要歪斜到病態都還是可以接受的。

但身為醫師，如果自身歪斜得太厲害，我們還能對病患產生同理心嗎？雖然這樣想，從結果論來說也是沒有意義的事情，但若就這樣放棄，似乎也就跟著放棄對於醫師自身而言很重要的某些東西。

我們每一次嘗試著去同理病人的同時，也正在讓我們自己變成越來越完整的人。

迷宮

醫院內部的路線，跟迷宮沒什麼兩樣。從大二的初步見識醫院開始，系上陸續會有一些課被安排在醫院上。加上每次搭校車都要穿過醫院，理論上應該要對醫院的環境駕輕就熟。但林口長庚實在太大，即使到大五遇到路人問路，偶爾還是會想不出來在哪。

舉最近常被問到的桃園長庚轉運站為例，從機場捷運A8站下車，先經過二樓空橋到兒童大樓，進兒童大樓後回到一樓，往批價櫃台的方向直走，走出兒童大樓經過急診室前，從復健大樓小門進入，穿過耳鼻喉科門診區，往醫學大樓的方向走，走到醫學大樓大廳，穿過斑馬線就會到轉運站。此外，醫院內部的路也不是直線，有的地方需要拐彎，換條路才能繼續前進。自己走還好，若要替別人指路，真是困難至極。

醫院有分成不同大樓，但基本上大樓的名稱和科別沒有直接關聯。例如眼科門診在兒童大樓，家醫科門診在病理大樓，婦產科病房在兒童大樓，加護病房也散布在各大樓之間。某科別真正的位置，大概只有實際在醫院上班的人才能熟練地指出來。

醫院有兩個手術區，更衣室都是從某個不起眼的神奇小門進去。從外觀完全看不出來，裡頭同時有數百位員工，有如一座運作中的大型工廠。即使進到刀房區，內部的路線也是錯綜複雜，每次都要看一下地圖才知道要怎麼走。

平常的日子，幾乎也每天都在走迷宮。

雖然在印象中，寫東西的人應該要很有自己的想法，總是知道自己的定位。但實際上自己大概九成的時間都在「我是誰？我在哪？」的狀態中渡過，並不如想像中瀟灑。

在寫作定位上，是相當掙扎的。記錄醫界生活的作家已經很多，自己的經歷也沒有值得特別記錄下來的地方，常常寫一寫就需要停下來，想想自己最近在幹嘛。

寫作的CP值其實超低的。把相同時間拿去家教，一定會更「有用」。常常要犧牲自己的休閒時間，看著同學出國玩，自己則獨自坐在平板前看書打字。說不羨慕絕對是騙人的。

以前不懂為何那麼多的名人要跟風發文，後來才發現如果不跟風，僅靠自身的特色，流量其實少的可憐。有跟風和沒跟風的流量大概可以差到十倍甚至一百倍。如果不願意花錢換流量，跟風其實是最省錢省事的方式。

寫作內容也需要精挑細選。可能有人會為了作家聲名，或是純粹想寫給別人看而寫作。這是人的本能，本身沒有什麼錯。但對自己而言，寫作的本質在於自己個人身上的「某些東西」。那些東西是超越金錢地位而獨自閃爍的。可能是因為這樣，到目前為止的寫作都挺隨性的，社群僅維持在低限度的經營，偶爾也會消失幾個星期沒發文。

既然是和自己的對抗，就會隨著心境起伏而有進度的變動。心情比較輕鬆的時候，就會開始想偷懶。例如手遊破關勢如破竹時，便會少更新之類的……至於驅使自己寫作的「某些東西」是什麼，誠實地說，其實我自己也不是很清楚，大概也不重要。

雖然在日復一日的省思後，還是無法像心靈雞湯文一樣，能有個冠冕堂皇的結論。但在這個過程中，我們似乎又能更靠近自己一點。

放假

住在這邊，個人私心喜歡假日下午的氛圍。

自己所住華廈的這條小巷子，假日車流極少，半小時不見一輛車經過。除了斑鳩，和偶爾不知從何處傳來的臺語卡拉OK，平時相當安靜。下午兩三點，會有老人家踩著拖鞋，提著水桶出門，幫路邊的花草澆水。更晚一些，狗子開始騷動不安。拖上無精打采的主人，踩著小步繞街巡地盤。

有時假日下午出門去街口的全家買個飲料，走在巷子裡。感覺就好像回到小時候獨自玩耍的時光。那時補習班管得比較鬆，沒課的時候，老師會睜一隻眼閉一隻眼，讓高年級的小孩帶中年級去附近公園玩。

誠實地說，自己從小就是蠻孤僻的人。大多數同學都喜歡聚在遊樂器材，分組玩鬼抓人。以前自己也是這樣。但從高年級開始，慢慢發現，比起團體活動，似乎更喜歡獨自行動的感覺。在大家玩耍的時候，自己默默飄去旁邊待著，也許只是觀察某隻松鼠在發情，也許只是單純坐著發呆。看阿勃勒的花飄落，像是一把黃金雨，就可以看一個下午。

這些對自己來說，都是很有趣的素材，但也難以在現實中和他人分享。

試想在生活中，跟旁邊的朋友說：「誒，對面那隻貓看起來好忙，要不要跟蹤牠等等去哪？」久了應該會被當怪人吧。

在《天使熱愛的生活》書中提到：「人們都以為怪胎是想要顛覆摧毀這個世界，但其實不然，他們只是想像估量價值的方式與一般人不同而已。」說起來自己似乎從小學之後，就沒有依附群體的習慣。即使辦活動也僅短暫屬於某些團體。在活動結束後不久便離開。可能覺得要在團體中扮演自己的角色，是一件很累的事。也沒有參加過什麼讀書會或寫作會。一路自個兒跌跌撞撞走過來。

我覺得在不同年紀，都有那個時期必須直視的課題。十幾歲的時候，要面對的可能是發掘自己的興趣，二十幾歲的時候，面對自己可能就是件重要的事情。此時大學畢業，身邊的朋友各奔東西，要去工作還是念研究所，再也沒有一個固定的答案，純粹就只是個人的選擇。

剛上大學時，自己也曾經花了大把時間在不同的友誼之中，希望能試著成為不那麼孤僻的人。大家的意見都很仔細聽，也很努力去實踐。但後來感到十分茫然，常常想自己又是怎麼樣的人呢？漸漸地發現自己討厭被打擾更勝於害怕寂寞，喜歡做自己覺得重要的事情更勝於與朋友相互幫忙。省去社交的時間，多了很多時間，可以去做自己覺得重要的事情。

我們曾經花了很多時間，在不同的朋友關係中扮演好自己的角色，但如果朋友不在身邊的時候，會不會像「鏡中自我」一般，假想他人對自己的評價來定義自己這個人？

現在大家都很提倡要「做自己」。按照目前主流的想法，是要我們不要按照世俗常規去活。換句話說，只要能做自己就好。嗯，聽起來很合理。但是這個想法否決了我們也許本來就喜歡隨波逐流的習慣，告訴你說，只有「不要世俗常規去活」的生活方式，才是在做自己噢。

難道只有成為他人理想中「不要世俗常規去活」的模樣，才能被稱為「做自己」嗎？他們說不要依照世俗的期望，但換個角度想，這不也是另一種期待嗎？其實我們一直都在做自己呀，不管是選擇平凡地過生活，或是去追尋個人的理想。選擇要怎麼過的人，都是我們自己。不需要被外在的標籤決定自己的選擇。

有段時間自己一直在想一個問題：如果一直順著別人的想法來決定什麼是「做自己」，那我們自己又是什麼呢？

羞恥感

最近逛Dcard很常看到，對於看醫生感到羞恥的文章。這些文章大多是與婦科和泌尿科有關，當事人害羞不願求醫，擔心醫護人員會不會很兇，會怎麼看自己。

自己輪訓完婦產科、泌尿科、一般外科乳房組和直腸肛門科，大概看診會令人特別害羞的，也就這幾科吧。雖然個人經驗是相當主觀的，不一定每個人都這麼想，自己的輪訓時間也不長，但也許可稍作參考。

醫師的訓練過程，其中一部分是先將人「器質化」。換句話說，器官在醫師的眼中，是解構成醫學上的零件來討論，在這個過程中，不太會特別將「社會」功能納入考量。那些你覺得很害羞的器官，在我們眼中變成皮膚、結締組織、淋巴結和血管的組合。

醫師在衡量治療成效時，幾乎都是使用客觀指標來檢視，像是病理切片結果、病灶大小和五年存活率，因此病患心理層面的考量，往往會被移至後面的順位。

另外來看診不必害羞，更直觀的原因是醫師看太多所以麻痺了。以個人跟診的經驗，一開始也會覺得有點不好意思，不過大約十個病人之後，不免也開始覺得：「這也沒什麼嘛，為何那麼不好意思？」你可能以為主治醫師皺眉，是覺得你怎麼看起來很奇怪。實際上他是在想，病灶會不會跑去糟糕的淋巴結，或是手術開進去的話要用什麼術式比較適合。看到見習醫師眼神空洞地盯著你，是因為他在回想老師剛剛問的問題，或是假裝自己很認真在觀察病人。更可能是肚子好餓，想著等等還有幾個病人。

可以理解一個人要鼓起勇氣走進診間，暴露在不認識的人面前是件困難的事。也許做了很多心理建設，也許醫師講的每句話都會在心裡放大檢視。但在現實場域，醫病之間的期待落差往往相當大。依自己的觀察，醫師一診看幾十位病人，每位病人只有不多於五分鐘的時間，這段時間內要問診、檢查和開藥，時間很趕。絕大多數醫師是處於無暇注意言詞細節和病患心理的狀態。

診間像是一座精密的流水線工廠，每個步驟都以秒計算。護理師叫號，等待病人走進來的那幾秒鐘，醫師閱覽病歷。病人一邊講主訴，醫師一邊打記錄。檢查和開藥結束，病人走出診間的那一刻，護理師迅速按下下一號病患的燈號，等下一位病人走進來。醫院的電腦存檔列印。護理師處理上一位病人的資料，拿給上一位病人。新病人坐下，又重新開始新的輪迴。

以上是理想的流程。但在如此緊迫的生產線上，只要有某個環節延誤，就會拖累整座工廠。例如系統當機或是讀卡機讀不到卡，就要等更久。在這樣的氛圍下，醫師是一心多用的，沒有時間可以整理緩和自己的情緒。他的思緒可能還在前一位病人或前前位病人身上，抑或是生氣於今天的系統特別卡。

雖然聽起來像是在為醫師辯解這個現象，但自己常常見到病人有時被醫師不耐煩的語氣嚇到，以為是不是自己做錯什麼，似乎有些受傷。但其實個人觀察下來，感覺醫師的情緒常常都不是當事人的關係，可能只有在旁邊觀摩的見習醫師才知道今天老師脾氣暴躁的來龍去脈。

病患鼓起勇氣，做好心裡建設進入診間，卻感覺自己像是生產線上的鳳梨罐頭，感受確實會不太好。這並非病患的錯，是健保下醫界普遍存在的現象，不管是醫院或診所都是。若是遇到醫師願意聽你講話，注意你的感受，那位醫師可能是天使下凡。

下次如果遇到類似的場景，或許換個心態看待也是種可行的方式。

選擇

因為最近看的房子太多間了，於是把想要的條件一一列舉出來，像是有沒有對外窗、電費怎麼算、有沒有垃圾集中、有沒有書桌之類的，最後還做成表格分類比較。

大五住在靠近華夏飯店一側，原先想說是不是可以換到飲料街附近試試看，但一直找不到適合的房子。加上某次在刀房，和已經在附近租房多年的學姊聊天，獲得距離餐飲區太近的房子會比較吵雜的建議，決定還是在文興路附近找房子。

本來以為看個兩三間房就能決定，但實際看了九間房，全部填進表格後，看來看去還是找不出最喜歡的。結果看了第十間房，馬上就決定是它了。新家也在華夏飯店這一側，某個安靜的巷子裡。回頭去檢視表格，發現第十間房其實不符合大部分的條件。想起來也蠻白痴，那當初列表格幹嘛，反正最後也是靠直覺選。

說到選擇，想到今天早上在外科部晨會，聽講者說如何兼顧教學、臨床和研究。於回饋環節時，有位整外的老師發言詢問大家：「你們覺得在人生中，最不能放掉的是什麼？」

整形外科是這間醫院的招牌，醫師都是精英中的精英。許多國外的整外醫師會來這邊進修，在晨會跟刀房都有一秒即出國的感覺，是很好訓練英文口說的地方。每天在刀房，總是一再懷疑自己的英文怎麼有辦法那麼破。

在這樣的菁英環境下，答案想必會很勵志。我想了幾個醫學生應該回答的標準答案，成就感？熱忱？還是追根究柢的精神？

現場一片寂靜。幾秒鐘後，那位提問的老師說：「是家庭，因為家庭才是真正的依靠。」

這好像是我第一次聽見這個答案。

醫院是個高壓的環境，不只是工時長，大家身上揹著照顧病人的壓力，一個不小心，斷送的可能就是另一個人的一生。每個人顧好自己的病人就來不及了，很少有時刻會讓我們想到「家庭」這兩個字。最重要的事物，在醫院這種人生無常的地方，更是個大哉問。病痛不會因為一個人家財萬貫，就不找上門。在這裡，常讓人感到一股空虛的寂寞感。那些在外面大家很重視的金錢和地位，在醫院裡面就好像變成虛無飄渺的線，當人有需要時，一拉就斷。

住院醫師學長姊的辛苦就不用多說明了，工時爆量，上下班時間往往裝飾用。雖然大家都說，升上主治之後就變輕鬆了，但主治醫師雖然事情變少，卻也要對病人負更多責任。而且現代醫學越來越專精，例如各種新療法和微創手術，專業門檻越來越高，若不持續吸收新知就容易被取代。升到主治有時反而是另一個訓練階段的開始。各有各的壓力和辛苦的地方。

如果不管走到哪，都會有不一樣的負擔，那麼對自己而言，做選擇時最重要的決定因素是什麼？

目前擺在眼前的，也是每位醫師在畢業後會面臨的最重要抉擇之一：要不要留在醫學中心？

臺灣的醫療院所，分為診所、地區醫院、區域醫院與醫學中心四種。大多數和醫學系合作，醫學生優先見習的醫院，都是屬於醫學中心。像是北部的三間巨型醫學中心：臺大和臺大合作，陽明和北榮合作，長庚和林口長庚合作等。換句話說，大多數醫師最早接觸的醫療環境，幾乎都是醫學中心。

醫學中心的生活型態和地區醫院很不一樣。在醫學中心除了看病以外，還要做研究和教學。此外，醫學中心屬於後線醫院，承擔該地區的重症照護。許多病人都是外院無法處理轉進來，病況較複雜的病人。這些人醫療風險高，常常需要面對生死交關的情境，工作壓力又比在其他地方高出許多。不過醫學中心本身的招牌，聽起來名聲比較好，病患的來源也比較穩定。

而診所和醫院的工作型態天差地遠。診所通常只有門診，病人症狀輕微，沒有立即性的生命危險，處理起來比較容易。而在醫院工作除了看門診，還要照顧住院的病人，病況相對嚴重，需要花比較多時間照顧。但診所也有辛苦的地方。因為可取代性高，每間診所要發展自己的特色，使出渾身解數來維持自己的客群。若是自己當診所院長，更要思考整間診所的收支平衡，換句話說就是當一間小公司的老闆，經營自己的客戶。這裡僅討論工作型態的大致差異，還沒有列入薪水和不同科別的差異，但已經足以讓人選擇困難。

過去某次聚餐，老師曾跟我們說，每個人都是不同的，沒有最正確的選擇，只要自己選擇出最重要的東西就好。一旦選好了，就不要再跟其他人比來比去，人生這東西是比不完的。

對呀。人生這東西是永遠也比不完的。

家教

從大一開始，自己就有不定時兼家教。剛開始是為了興趣，喜歡那種把知識整理過，交給其他人的感覺。後來發現家教對於大學生而言好處還不少，就一直持續教下去。

除了存錢外，因為當家教老師需要同時面對家長和學生，可以練習與來自各種不同家庭的人溝通，觀察每個家庭的結構和運作模式，這些是自己覺得比起收入更為重要的收穫。像是很多家長會覺得小孩不唸書是因為個性懶惰，但自己觀察下來，卻感覺原生家庭的環境和教育方式，才是扮演更加重要的角色。

中間大三及大四上因為課業繁重，暫停一陣子，直到一階國考確定通過之後才繼續兼家教。

醫師的國家考試分成兩個階段，一階國考主要考基礎醫學如生物化學和解剖學，二階國考則是臨床醫學如精神科學和婦產科學。一階國考的通過率比二階稍低一些，大家通常會認真準備幾個月再去考試。考試是電腦作答，考完按「送出試卷」的瞬間，就可以知道自己的成績，十分刺激。

也是因為家教的關係，雖然自己不是會特地為了景點或美食不遠千里的個性，通常只是下班之後在附近吃個晚餐，閒晃一下再走。幾年累積下來，就發現似乎桃園市區的景點幾乎都走遍了。像是之前在武陵高中附近家教時，意外發掘許多學生餐廳，中山路上的大泰屋和越味館等。最近在中正路上的景福宮附近家教，下班後就常常去鴨肉榮吃午餐。

家教一開始並不容易接，即使是熱門科系的學生也是一樣。在這個領域，大家更看重經驗和口碑。大一時還天真地以為，找到case應該不難吧？隨後就被無數的應徵已讀轟炸，灰心喪志。後來認真到ptt和Dcard爬文，看一下神人前輩們的經驗，決定先到補習班苦蹲練等。

相較家教，應徵補習班就容易多了。如果觀察找工作的各大平台，可以發現大多數一對一補習班，都處在長期應徵老師的狀態。雖然家教補習班的薪資比一般的打工高一些，但和家教老師在外面的行情相比，仍有落差。

加上齊頭式的薪資不論個人教學特色，隨年資調整也有限。對於有經驗的老師，沒有留下來的誘因，大多數老師在補習班練等結束，就單飛了。後來在學長的介紹下，接到第一個家教。有了第一次的經驗之後，再找家教就容易多了。大四一階國考結束之後，課程變得比較輕鬆一點，當時卯足全力接家教，曾經同時教過四位學生。後來覺得這樣生活品質太差，就暫停接新家教，維持教一到兩個學生就好。

自己的學生主要是介於國中到大學畢業，內容大多是理化和生物相關，偶爾也接一些訓練面試的case。在這些學生之中，我印象最深刻的大多是高中生。高中生正處在有想法，但生活封閉的階段。大人常說，這年紀的小孩容易胡思亂想，但自己覺得在這個年紀所想的事情往往都是最純粹的。上大學之後，看著同校但不同系的同學，聽著已畢業學長姐分享自己的經驗，難免會受到社會氛圍或價值觀的影響。

當然想法被社會影響也沒什麼不好，畢竟那才是現實。只是我因此更加珍惜家教時，跟學生討論未來規劃的時刻。在國高中時期，很難看得見這個科系的全貌。身邊多得是當初選自己喜歡的科系，但進去後才發現不是這回事，轉而重考的例子。

相信即使是大一生，大多數人也不清楚自己畢業以後的出路，因為大一都在修通識和基礎課程。自己適不適合這個科系，要到高年級甚至是畢業後開始在職場實習，才會知道自己當初做的是不是對的選擇。

雖然每個人都想找到理想的科系，但現實往往沒有如夢想般這麼簡單，也許認清世界並不是自己想像中的樣子，也是大學的一堂必修課。

湖

長庚湖位在林口長庚醫學大樓旁，散步大約五分鐘可以繞完一圈。湖周有步道和座椅，晚上靠近醫院一側有路燈適合散步。靠近文化二路的地方有座福德宮。小廟白天香火鼎盛，大多是病患和家屬來祈求平安。另一頭接近國道的地方有運動場可以打球。過去湖旁還有一間文化花園夜市，升大學以來只有逛過一兩次，後來不知怎的就收掉了。

長庚湖的對面是新開的立體停車場，樓下是誠品、全國電子和玩具店。說到誠品書店，自己假日或晚上有空時，就會去繞繞，看最近有沒有什麼新書。

自己剛上大學的時候，院區有兩家金石堂書店，其中一家在復興一路上，現在是客美多咖啡的位置，另一家比較小間的在A8 Global Mall二樓。當時復興一路上那間一樓賣咖啡，點餐後可以拿一本書到座位閱讀，陪伴自己走過無數本書的時光。直到立體停車場下的誠品開幕前，院區有很長一段時間沒有書店，只能到林口三井的誠品解解書癮。

今天的刀中午前就開完。午餐時間從醫學大樓的側門走出來，戶外豔陽高照，路人少了許多。手上的優碘刷手液乾掉後，黏膩的感覺殘留下來，要乾不乾的。

我沿著人行道，往長庚湖的方向走。湖邊的石椅上坐著零散的老人家，有的穿著病服嘴裡叼根菸，身旁還放著點滴架，也有的只是呆呆地望著前方蒼綠的湖。

湖畔和醫院形成強烈的對比。在醫院，醫護人員忙進忙出，所有的事情都講求分秒必爭。但只要踏出了醫院的自動門，那些就好像變成一場玩笑。

今天也是大五實習的最後一天。一切看起來是那麼的熟悉，又不真實。無數回憶交疊在一起。這些日子以來，最衝擊的還是自己的價值觀。

前幾天去旁聽醫學雋語的報告，這個報告是挑一句自己喜歡的醫學雋語，搭配一個故事講給大家聽。坦白說，不是每位同學平時就會想一些有的沒的。還是有同學像根木頭一樣，直來直往地看事情。但經過一年，還是能發現每位同學在醫院這個生死交關的場域，有被逼著開始去思考一些有關生命的事情。但好像也不是很意外，試想如果你每天都在接觸受苦的人，有的人每天都在垂死掙扎，也有其他人選擇自暴自棄，再木頭的人應該也會開始思考生命的意義。

神經外科的訓練過程和執業，在整個醫界是數一數二的高壓環境。之前在神經外科時，曾問過老師，平常這麼累都是怎麼適應的？

老師說，如果你上班是為了錢，每天五點多早起都在哀怨自己幹嘛那麼累，賺錢的CP值好低，那麼你會一直不快樂。但如果你知道自己是為了什麼而工作，整件事情就會不一樣。

一切都看你怎麼看事情。

生活似乎也是這樣。如果你每天起床都在想著自己為何要受這麼多苦，我還要撐著這樣下去多久，那麼就會困在薛西弗斯的神話之中。雖然我們不知道神話之人會不會這樣想事情，但如果能想辦法在生活中找出屬於自己的意義，知道自己為何而活，一切便有了意義。生活開始有自己的價值，不再被CP值綑綁著。

從那天之後，就像任督二脈突然之間被打通一樣，在見習過程中感到很累的時候，就會不禁回想到與老師的這段對話。對於整個醫學生涯也開始有了不一樣的想法。

那天是大五的結束，是生命某一階段受苦的結束，或是新的開始。還是可以超越這層的意義，既同時是結束也是開始？

休息

在醫院上班，需要一個可以休息的避風港。像是偶爾，預定要開的刀臨時取消，就突然多了一兩個小時的空檔。雖然有醫師休息室可以使用，但醫院範圍很大，走路到休息室的單程時間要十分鐘左右，待不了多久又要回來刀房。若去病房討論室，病房區比較吵雜無法好好唸書，遇到吃飯時間也會被護理師們請出討論室。

若時間更短一點，例如兩台刀中間，等待病人移送和麻醉的空檔大約三十分鐘左右。雖然開刀房內有休息室，但通常會有許多老師和學長姐在那邊休息。身為學生，若坐在老師面前耍廢，某種程度上有點尷尬。若要離開刀房，扣掉換刷手服和走路的時間，大概就剩十幾分鐘，似乎就連去醫院地下街也有點趕。

大佬級老師在刀房等待的時間還能唸paper，利用時間的精準度令人佩服不已。雖然自己無法達到這種境界，也被迫在這個環境下，想辦法擠出時間來做點什麼事。

除了刀房空檔的短時間休息，要如何在醫師值班的隔天調整作息補充能量，也是相當重要。

醫師平日值班的作息是當天下班後緊接著值班到隔天早上，換句話說就是一口氣上二十四小時的班。以過夜值班來說，雖然值班室有床可以躺，但在那種隨時都有可能被叫醒，情緒維持在緊繃的情境下，無論是誰都無法好好地休息。若是運氣不佳，當天晚上狀況特別多，大概也不用睡了。

醫師過夜值班的隔天通常設有休息的制度，依照每間醫院與職級的不同會有所差異，像是不分科住院醫師（PGY）通常會在值班的隔天Day off，指整天休息。而已分科的住院醫師則是PM off，中午後休息。不過規定歸規定，常常見到學長姐在值班隔天仍然行屍走肉地繼續上班，實際上可不可以真的休息又是另外一回事。

見習醫師的這兩年介於學生與醫師之間，是進醫院後相對自由的時期。我們現在就如同待宰的羔羊，看著學長姐們忙得焦頭爛額，不免擔心自己未來能不能撐得過那段辛苦的訓練過程。

不過在尚未親身體會住院醫師生活的現在，焦慮似乎沒什麼用，只好更加珍惜還可以坐下來思考著這些事情的此刻。

A7

可能因為年紀的關係，很少能親眼見證到臺北信義區或高雄美術館特區那種大型的市容變遷，不過還是有幸能觀察附近社區的變化。像是龜山的A7重劃區就是我們眼睜睜望著迅速發展的社區。

過去還沒有餐車常駐的時候，學校就是名副其實的美食沙漠。若哪天吃膩學校的食物，想離開校區出去覓食，體大校門口只有一間小鐵皮屋，賣豆花和大腸包小腸，除此之外，校外一片空地。但這兩個大概都只能當點心吃，晚上也沒有營業，想吃正餐還是得到最近的社區覓食，即是約五百公尺遠的A7重劃區。對我們學生而言，A7重劃區更像是避風港的感覺。

那家大腸包小腸，每到下午總是大排長龍。但自己對美食不是很執著的關係，每次經過都只是路過，就這樣過了好幾年。直到某次帶校犬搭事先預約好，可帶寵物的計程車去附近看獸醫，司機大哥跟我們說校門外那間大樹下香腸，他每次開車經過都排好多人，不吃一次試試看真的對不起自己。後來自己也有親自去嘗試，雖然排隊人潮令人望而卻步，但值得回訪。

A7重劃區論地利算是頗為方便。機場捷運在A6泰山貴和站從新北市離開，經過青山路慢慢爬上林口臺地，進入桃園的第一站就是A7體育大學站。A7重劃區也是青山路上下山的起點，每到上下班時間，附近總會排著長長的車龍。

每次經過A7捷運站，旁邊高聳的廢棄煙囪總是引人注目。自己過去在附近生活四年也不知道煙囪是從哪來的。查詢相關文獻後才得知，林口臺地屬於典型的紅土臺地，覆有數公尺至十數公尺的紅壤層，這種紅土適合燒製紅磚。而煙囪過去曾是樟腦寮協和磚廠的一部分，這間磚場主要生產紅磚，後因建築技術及材料變遷而逐漸沒落，自民國五十九年創業後營運九年，於民國六十八年左右歇業[1]。

重劃區內有座在汙水處理廠內營運的神祕咖啡廳，叫做黑水號咖啡廳。雖然名字中有黑水（汙水）兩字，但實際造訪這間咖啡廳所見，卻和印象中的汙水處理廠完全搭不上邊。除了裝潢十分特別，外頭還有片大草坪，喝完咖啡後可以到外面散步，眺望臺北盆地的風景。

剛入學的時候，A7重劃區還沒什麼商店，少數幾家都聚集在文青路上。像是八方雲集、原野拉麵、談茶香和合浦都是大學生常拜訪的店。而路易莎也是學生的愛店，期末考前總是可以在那裡遇到一同來抱佛腳的同學們。

離開學校的兩年後，大六的某個假日剛好有空，回去A7重劃區拜訪新開幕的拉麵店，吃完順便沿著文青路和文青二路散個步，發現這裡跟自己記憶中的樣子已變得截然不同。

望著過去的空地築起高樓大廈，蕭瑟的街道也已不復存在，那天我坐在路邊的石椅上，不禁懷疑過去的記憶會不會只是一場夢。

現實與想像之間的界線，從遠處看好像是明確的一條線。但若仔細檢視，卻發現邊界的部分越看越模糊，只要一個不小心就會跨越那條線。到後來，現實與記憶全部混在一起。

罷了。不如不想，難得糊塗。

[1] 中國科技大學，《桃園市歷史建築龜山樟腦寮協和磚廠調查研究暨修復再利用計畫書》（桃園市：桃園市政府文化局，二〇二三），頁三十至三十六。

夜市

自己本身是很喜歡逛夜市的人。桃園以北的大型夜市，幾乎都差不多逛過了。雖然常常繞了一圈夜市走出來，什麼也沒買，不過自己倒是很喜歡觀察各種不同的攤位，好像在逛博物館一樣。不同類型的攤位，不同花樣的招牌，不同個性的老闆。

以桃園市區來說，最常去的是中正路上的桃園夜市，就在家教的地方附近，常常下班之後順路過去覓食。在停車的部分，桃園夜市周邊通常不容易找到停車位，因此自己習慣在中正路上有找到位置就先停，稍微遠一點也沒關係。

而林口長庚醫院附近的夜市，如果暫時不把南北小吃和綠光美食街算進來，大概就是林口區的林口夜市與龜山區的樂善寺夜市這兩間。林口夜市位在林口區中山路上，營業週三和週日。這附近是林口自古以來的人口聚集地，走幾步路就是林口老街。適合下午先去林口老街買小吃墊一墊胃，晚一點再去林口夜市吃晚餐。

樂善寺夜市則是一間很神祕的夜市，位在機捷A7體育大學站附近的樂善寺旁。不知道是不是跟林口夜市有先講好錯開營業時間，樂善寺夜市是營業週四和週六。樂善寺夜市是新開張的夜市，前幾年還在大學唸書時，尚未有這間夜市的存在。直到離開學校後，某次騎車經過，發現那邊燈火通明，才發現這裡居然開了一間新夜市。

這兩間夜市觀光客少，目標客群比較接近在地居民。如果搭乘大眾運輸的話，林口夜市可以搭公車到頭湖路口站，樂善寺夜市則是可以先搭機捷到A7站，再走一段路。這兩間夜市規模不大，大約十分鐘內就可以走完。不過小有小的好處，因為觀光客少，比較不會擁擠，價格相對也較合理，不像臺北的觀光夜市有被哄抬物價的感覺。而且五臟俱全，該有的都有。

平常在醫院待久了，會漸漸和外頭的世界脫軌。逛夜市給自己一種重回人群中的感覺，好像把外頭的世界濃縮在一條街之中。

醫院裡發生許多事情都是超乎常理而存在的。像是很多人可能一輩子都遇不到癌症，但在醫院幾乎每天都在照顧癌症病人。自己一直記得剛見習的第一週，我們team上進一位紅斑性狼瘡（SLE）的病人，這個病自己從小到大只遇過一位朋友有紅斑性狼瘡。

當時我問學長，這個病會不會很少見？學長說，不會呀，這個還蠻常遇到的。從那之後自己就深深地感受到，醫院日常放到其他人身上，是難以被理解的。

像是開刀對醫護人員而言是每天的日常工作，但卻是病人一輩子的大事。在醫院的體制底下，醫療人員講求最迅速有效地完成工作，成為沒有個人情感的工作機器。在忙著盡快做好自己工作的同時，常常會不小心忽略病人的情緒。

但另一方面，在擔任生命線協談志工時，我們被訓練如何聆聽每位個案的煩惱，隨著會談，漸漸往意識的深處走，尋找那些被深藏在心理防衛底下的自我。在這裡，我們一邊小心翼翼地揭開，一邊修補，不太在意什麼好與壞。有時平日在醫院見習，隔天放假到生命線當志工，總感覺恍若隔世。

常常也會不小心把生命線的習慣帶來醫院，看著電子病歷上，哪幾個病人昨晚又抱怨失眠，值班醫師開了安眠藥。忍不住想，如果換成哪天我也成為病人，躺在病床上。面對著室友的躁動，護理師們忙進忙出，自己應該也會失眠吧？或者哪個病人胃口不佳，但如果是我哪天也只能吃清淡的醫院餐，想必也會胃口不佳吧？

曾經有老師跟我們說，有時我們雖然在值班，卻很難不去做點什麼。也許開藥只是為了給護理師有個交代，也許只是醫師自己說服自己真的有做點什麼事，但真的需要嗎？這些藥都是有副作用的，會不會開這些藥之後，反而造成病人更大的傷害？自己過去不太理解這段話的意思，直到自己過夜學習時接到護理師排山倒海的報data電話：某某病人剛剛吃完香蕉現在血糖一百八要不要處理、某某病人睡不著要不要加安眠藥……看到數字離正常值太遠，真的會忍不住想要「處理」一下，但實際去看病人卻又還好。

當時心中就浮現老師說過的那句話：「真的是需要的嗎？」

雖然偶爾遇到比較奇怪的數據，該處理的事情還是得處理，但還是會忍不住想，如果不要把有些抱怨當成是一種疾病的表徵，而是把病患視為一位完整的「人」。這些抱怨是人在面對醫院中這些壓力事件時，所自然產生的反應，會不會能更加貼近病患的真實？

圖書館

想要唸書或打報告的時候，就會想要找一個更適合學習或工作的環境，咖啡廳就是個好選擇。雖然院區有很多家咖啡廳，但偶爾還是有不想喝東西的時候，這時自己就會改去附近的圖書館。

距離院區最近的圖書館是在大崗國小旁邊的大崗分館。這間分館二樓的自習室雖然不像新開幕的總館那樣新穎，但周圍相當安靜，環境維護也很好，接近一塵不染的程度，在裡面唸書感覺特別舒適。

跨過國道另一頭的林口區也有圖書館，自己之前比較常去的是三井outlet對面的林口分館，大三大四常常下課後，騎車來林口分館唸書準備期末考，晚餐時間還可以去附近的半邊圓吃香菇肉粥。往忠孝路的方向更遠一些，還有號稱新北市最美的東勢閱覽室。不過來醫院實習之後，住的地方離桃園市的大崗分館近一些，就比較少去林口的圖書館。

假日沒有上家教的時段，偶爾會去桃園新開的圖書總館看書。剛開幕時進去參觀，裝潢之精美，還以為自己來到百貨公司。不過最吸引我的還是總館的書籍特別齊全，許多剛出版沒多久的文學書都可以直接在架上找到。

最近在圖書館放眼望去，實際在書架上找書的人越來越少，大家都在讀教科書或滑手機，或是在睡覺。雖然這是網路越來越發達的必然趨勢，但還是覺得有些可惜。

說起來在圖書館時代落差感最大的區域，應該是漫畫區吧。小時候無論何時經過漫畫區，都會看到許多人埋首於漫畫中，熱門的漫畫經過無數人的手中更是幾乎解體。但現在除了網路上有無數漫畫網站，連YouTube上都有YouTuber定期更新講解漫畫內容，過去那種一頁頁翻著破爛漫畫的回憶，大概已經快要成為絕響。

現在每天都有無數貼文被發布在網路，接觸新資訊越來越容易，大家傾向獲得網路上的片段資訊更勝於拿起一本書從頭讀到尾。雖然從網路獲得資訊的速度比書本更快，但這些資訊已是被切割成小碎塊再重組的成果，中間有許多可以偷偷改造的地方，呈現到眼前的東西已變得面目全非。雖然紙本書也有改造的過程，不過一本書為了保持內容的完整性，需要用比較長的篇幅說明自己的想法，此時若作者有偷天換日的想法，會更容易曝露出來。

近年網路平台發達，每天都有無數創作者爭相表達自己的看法，深怕會失去流量。用自己的邏輯去看待他人，幫不認識的人貼標籤。大家互相附和，互相回應，互相宣戰。說起來也不是誰的過錯。畢竟權威主導的時代過去了。階級在匿名的框架之下迅速流動。現在能掌握流量的人，地位高高在上。流量可以帶來財富，也能直接干涉政治和法律。

不過每天都活在流量中，真的頗累，發現自己並不是很適合。接受了這個現象後，開始學著關掉手機螢幕，靜下來，散步，吃飯。偶爾老派地寫作。

除了實體書的快速沒落，今年Open AI的發展也敲響文字界的警鐘。文學類的東西，以自己門外漢的角度不敢多說什麼，不過以我們平常寫的醫學文章來說，難以形容第一次親眼目睹只要打幾個字就可以讓ChatGPT寫出一篇完整文章時的那種驚訝，除了可以要求附上APA格式的參考資料，還可以限制文獻的搜尋範圍。雖然目前AI生成的文章仍有些缺陷，需要親手做wet lab實驗的部分也還無法被取代，不過已經可以預見未來的review articles大概會變成AI先搜尋整理文獻，再由人工篩選。抑或是哪天撰寫review articles的工作就直接被AI取代也說不定。

AI的出現也讓自己去反思，以我們的凡人之軀，也不是什麼領域的佼佼者，寫出來的東西無論是質或量都比不過AI。也許有人覺得機器只能寫出沒有情感的文字，但個人悲觀地覺得總有一天機器還是能成功模擬出人類的情感，甚至能達到人類也無法察覺出差別的程度。

那麼自己寫字的意義是什麼？這時想到《關於跑步，我說的其實是……》書中提到的一句話：「基本上，對創作者來說，動機是確實在自己心中安靜存在的東西，不應該向外部求取什麼形式或基準。」第一次看到這段話的時候，沒什麼特別的感覺。卻在幾天之後默默翻閱歷史記錄，把這本書重新找出來。

村上春樹以跑馬拉松比喻寫作，他認為：「小說家這種職業，至少對我來說，沒有勝負之分。雖然也許發行冊數、文學獎、評論的好壞可以成為一種成就的指標，但那並不能算是本質上的問題。寫出來的東西能不能達到自己所設定的基準，比什麼都重要，而且是無法隨便找藉口的事情。」

回想幾年前，「寫作」這件事成為了自己的瓶頸，找不到繼續寫作的成就感，加上當時也在忙其他事情，停筆好長一段時間。本來以為寫作這件事就這麼算了，但身體裡面就像是有個滴答作響的機械時鐘，催促著自己繼續往前走。那個時鐘的動力來源是什麼呢？我也不知道。雖然很多人覺得寫作是件風光的事，但其實寫作在某些人身上是不得不的選擇，是那個身體內的時鐘催促著自己要繼續寫下去。

可能有人覺得，像我這樣寫字的人會不會是想表現自己？

剛過世的米蘭‧昆德拉的《笑忘書》，當中有一段是這樣描述每個人想成為作家的慾望：「我從政客、計程車司機、產檯上的婦人、情婦、謀殺者……和病人中普遍衍生的寫作狂這回事得知，成為作家是潛伏在每個人的心中的，全世界所有的人都有權利跑上大街去大叫：『我們都是作家！』」

每個人都知道卻不想去接受，自己總有一天會無聲無息地消失的事實，因此每個人都想寫作。但自己還有另一個不得不寫作的理由：因為這些想法既奇怪又難以言述，難以在現實生活中與他人分享，只好以文字記錄下來以自娛。仔細想了想，確實自己會寫作的原因不可否認有這樣的成分在，雖然說是被某個無形的東西推著去寫作，但自己也沒有排斥這個被推著走的現象。

但我從不覺得自己寫的東西會改變什麼。寫作這東西本身是偏頗且自私的。寫下來的文字就算不是寫論述，光是把眼光所及的生活事物，以自己自認為有意義的方式重新解構再建構，最後濃縮成文字。這個過程本身就帶有相當的自我色彩。

所謂「有意義」的事物是很主觀的。也許我覺得很酷的東西，到了其他人眼中就變成一團垃圾。我想自己大概沒什麼資格要求別人，要接受自己過濾資訊再重新建構的成果。因此從來不會在現實生活中，要求別人去讀自己寫的文字。

即使意見不同也沒關係，也許只是我們覺得有意義的事物不太一樣而已。

十秒鐘的選擇

最近院區開了兩間夾物機店的零食場。還記得當第一家零食場的招牌掛在醫院綜合大樓對面，那時零食場的風氣還沒那麼流行，自己每天路過還以為是類似湯姆熊樂園的地方。剛開張時門可羅雀，直到一兩週後大家發現似乎還不錯玩，變得越來越受歡迎。另一家則是開在復興一路上，一番地壽喜燒附近，離大五住的地方很近。剛開張時辦了許多活動，每天好不熱鬧。

夾物機零食場的概念很有吸引力。很久以前夾物機曾經流行過一陣子，剛開始的物品通常是高單價的絨毛玩偶，可能因為成本較高的關係，難度也高。後來隨著客人越來越專業，開始流行起更多更難的玩法，例如海螺音響或公仔等，但曲高和寡，玩的人越來越少，一兩年前夾物店倒了一大堆。

捲土重來的夾物機零食場則轉換跑道，將高單價高難度的公仔改為低單價低難度的零食，讓大人小孩都可以玩。雖然不知道這次的流行會持續多久，但在這其中還是有很多值得思考的地方。明明是相同的機台，只要轉換一下思維，就可以原地翻身。

夾物機通常玩一次十元，每次嘗試十秒鐘。投入硬幣後，使用搖桿來控制夾爪的移動，按下按鈕即下爪。如果時間用完仍未按下按鈕，就會被強制下爪。下爪的方式可以直上直下，或是用俗稱的甩爪，即在按下按鈕前搖動搖桿，讓爪子擺動後下爪，這樣在下爪時就會多出一個角度，比較容易把東西「丟」出來。不過甩爪是門高深的學問，自己看過許多Youtube上的教學影片，但仍然學不起來，大概是自己沒有這方面的天賦吧。

不過認清自己沒有這方面的實力似乎也還不錯，至少不會一看到喜歡的東西就失心瘋。偶爾路過夾物店，若不趕時間就會進去繞繞，不一定要去夾，到處晃晃看看最近在流行什麼也還蠻有趣。時不時也可以挑剛好有槍位的機台試試手氣。「槍位」是指特別容易夾出物品的位置，通常會在洞口旁邊，但也有一些玩法比較特別的機台，要靠彈跳的方式掉入洞口，槍位反而在邊邊的位置。

投下十元後的這十秒內，有無限多種選擇。就像生活一樣，有時僅僅是十秒鐘的選擇，就足以改變人的一生。

每當此時就會回想起剛到醫院見習時，在神經內科病房見到的病人。

他是五十歲左右的男性，沒有任何慢性病史，過去是科技公司的主管。幾年前開始出現無徵兆的眩暈，一開始只是偶爾發作一次，後來發作的頻率越來越頻繁，他再也無法繼續工作，收入突然歸零。他比誰都著急，四處求醫卻找不到病因，家人朋友也從一開始的同情變成埋怨，這些他都看在眼裡。漸漸地，他變得消沉。

記得當時我跟同學一起去接這位新病人時，他坐在床沿，眼神淡漠地看著窗外。我向他說明，要問一些病史，做一些神經學檢查。他聳肩，跟我們說，做就做吧，反正也不會改變什麼。

空氣凝結。剛進醫院見習的我與同學從沒見過這樣的病患，我們面面相覷，不知如何是好。

我們邊做檢查，他接著說，我從一個主管變成現在這副模樣，真的好累，再這樣下去究竟有什麼意義。還不如讓我走。把檢查和病史詢問都完成後，同學問說，要不要幫你會身心科？他搖搖頭。不知如何是好的我們尷尬的離開病房，去護理站打入院病歷。

那天下班離開醫院的路上，公務機響起，學長問我們打完入院病歷了沒，如果還沒去接病人的話可以簡單寫一下就好，因為那位病人剛剛說要辦不遵醫囑出院（against advice discharge, AAD），馬上又要離院。換句話說，剛剛我們白做工了。身旁的同學說，這種情況下將病人收住院，什麼都沒做就又要離院，只是來增加我們的負擔。

那天傍晚夕陽灑在柏油路上，微風正吹拂過長庚湖畔，捲起一片片落葉。我望著落葉離去的方向。不知怎麼地，我覺得往後應該再也不會見到那位病人了。

數個月後，類似的場景不斷地重現，觀察下來在臨床上遇到這種疑似有憂鬱症傾向的病人，大家第一時間做的事就是會診身心科。這大概是在忙碌的醫院生活下不得不的選擇，臨床上沒有太多時間可以像在身心科病房一樣，跟病人好好會談評估病情，只好會診轉交給專業的身心科醫師處理。

但我仍忍不住回想，如果回到那個當下，能夠留十秒鐘給他，只要說的不是「要不要幫你會身心科？」，而是更為同理的回應，抑或是沉默十秒，讓情緒流動一下再接著完成該做的事，有沒有可能事情就會有所轉機？

時至今日，自己準備面對類似情況時，關於那位病人的回憶時刻提醒自己，如果等一下只能對他說最後一句話，我應該說什麼會更適合？

跑步

院區適合跑步的地方不多。雖然長庚湖周圍有步道，不過晚上的時候靠近文化二路的那一側不一定有路燈。如果真的要跑的話，大致上有兩個方向：沿著文化二路往林口或是往華亞科技園區。雖然自己比較少在醫院附近跑步的經驗，不過之前新陳代謝科的老師推薦往華亞科技園區的方向跑，據說人車比較少，路也很平。

之前還在學校準備國考的時候，從一大早開始唸，直到傍晚唸不下書時常常去繞學校操場跑步，轉移一下注意力，或是到體大騎腳踏車。不過自從進醫院見習之後，運動不再像過去住在學校，只要走幾步路就能到操場那麼容易，懶人如自己的跑步頻率便減少許多。

村上春樹把跑步比喻為寫長篇小說，從某個角度來說這兩件事確實蠻像的。兩者都是在做著類似苦工的事情，只是跑步耗體力，寫小說則是耗腦力。對自己而言，寫作就像是在和內心的自己賽跑。

對於某件事感到矛盾，透過寫作把這件事記錄下來，重新分析一遍。不過之前的自己對於寫作這件事倒是蠻隨性的，就像是國考前為了轉移注意力而做的運動，沒有特別強求什麼。

這段時間就不一樣，自己不只在和出版計畫的截止日期賽跑，也在和自己漸漸被同化的價值觀賽跑，深怕被某些東西追上後，那些矛盾的感覺就消失了。

成長在某個體制內，或多或少會受到系統性的影響。醫院的體制同化個人的速度比想像中快很多，過去在醫院很常聽到老師們說：「如果這個檢查不會影響結果，那就不必了吧」這句話。在不知不覺中自己跟著被潛移默化，某次在和學長討論病情時，自己不經意說出一模一樣的話，驚訝不已。

也許醫院長期被稱為象牙塔，也不是沒有其道理。在這裡發生的事情，對於大家普遍的認知來說有些遙遠。自己無論是看待人的方式或是對待疾病的態度，都正在以可見的速度迅速轉變。剛進醫院前，看到病人在受苦的時候，心情總會受影響，整天悶悶的。而現在呢？

上次在某個診間日常的下午，我坐在老師後面跟診。已經看過二十幾個病人，大多數都是腦瘤的病人，術後來做規律追蹤，也有的是新宣判的癌症。

有個年輕的女生，自己也忘記他們是下午第幾位被宣判有腦瘤的病人，也許是第二或第三位病人。因為新發生的癲癇送醫，檢查發現是新診斷出的神經膠母細胞瘤（Glioblastoma, GBM），範圍不小，以存活時間來看，壽命可能只剩兩年左右。一聽到是腦瘤，病患和家屬緊接著問：「唉，是腦瘤喔。這是要怎麼辦?」

此時自己正用剩餘的病人數推算下班時間和思考晚餐要吃什麼。回過神來,老師解釋病情,護理師學姊輸入資料,家屬聆聽醫師說話,病患本人沉浸在自己的情緒中。雖然沒人注意到我,但突然覺得自己的同理心跟剛進醫院見習相比,確實少了許多。不免有點愧疚,什麼時候自己也變成這樣沒有同理心的人?

從那一刻開始,發現自己被醫院同化的速度比想像中快,可能再幾年,甚至只要再幾個月,自己的同理心閾值也許就被拉高到和大部分醫療工作者一樣,甚至因為高工時的壓力,又更高一些。到那時自己還能夠好好地同理病人的感受嗎?還記得之前在上關於醫學倫理的討論課,同學的許多疑問都來自於對於未來的不確定。我們在醫學生時期有時間可以跟病人聊天,同理他們的感受,可是成為住院醫師之後,誰也不知道以後會成為什麼樣子。

在《受傷的醫者:心理學家帶你看見白袍底下的情感掙扎與人性脆弱》書中,作者曾提到醫師透過專注在情境的枯燥、事實和理性的細節,而忽略或壓抑它對一個人的感覺造成衝擊的可能性。不過自己體驗下來,需要仰賴這種方式的時機並不多。偶爾病人或家屬得知噩耗,在我們面前崩潰時,可能需要一些情緒壓抑來讓我們繼續維持日常工作,不過這樣的場景並不是隨時都在發生。如果要用心理防衛機轉來解釋,雖然某種程度來說也不算錯,但平心而論還是有點牽強。

大部分民眾會覺得醫師「很無情」的時刻，我們並沒有去忽略或壓抑情感，可能僅是醫療工作者每天接觸的痛苦太多，讓同理心的閾值被拉高。例如目睹另一個人的離世，對於大多數人而言可能會是個重大的打擊，情緒需要好幾天才能消化，可能還需要去收個驚。但對於醫療工作者而言，這是日常工作的一部分。

若是以宣判癌症來說，向憂心忡忡的病人說明他得了癌症，是一件揪心的事。但如果醫師每隔幾天就會宣判一個癌症，幾十年後他的同理心還會和之前一樣嗎？或是住院醫師前一天剛值完班，處於行屍走肉的狀態，應該也很難去好好地同理病人。

除了同理心的減少，還有數不清的想法也隨著在醫院時間的拉長，漸漸地轉變，寫文章也是如此。在這個時期寫短文有點尷尬，大概幾年後再回來重讀，就會覺得當初怎麼那麼幼稚。但自從前段時間驚覺自己早已不是當初剛成為見習醫師的樣子，似乎已漸漸地被醫院的制度同化，只好趕著要把文字生出來。

太青澀看不懂，太成熟被同化。有些東西是在模糊地帶才看得見的。

做家事

雖然院區挺熱鬧的，但從大一以來附近的景點幾乎都已去過一輪，假日整天不想唸書的時候，便會去更遠一點的地方散心，像是搭機捷去臺北吃飯或到河濱騎腳踏車，都是不錯的。

自從住到院區之後，生活變得方便許多，似乎不用為了一頓飯大老遠跑到臺北。加上假日要上家教，下班後只想窩回房間休息，於是最好打發時間的辦法就從出去玩變成做家事。如果是那種容易胡思亂想的人，做家事真的是殺時間的好方法。

過去自己也是一想到要打掃房間，就覺得好懶的人。但某次獨自一人待在房間時過於無聊，先把馬桶刷過一輪後，覺得地板看起來有點髒又刷起地板，然後想著反正地板都刷了，就順便洗牆跟門唄。回過頭來，一個多小時就這樣過去了。看著閃閃發亮的廁所，沾沾自喜，也不再那麼焦慮。

平常生活中總有許多事情困擾著思緒，明天要考試或是下週上台報case之類的，做家事可以把思緒從遙遠的事物拉回來，專注在當下的灰塵和汙垢上。雖然聽起來有點廢，但幾個月後回頭看，做家事真是學習如何獨處的一個里程碑。從那天之後，只要自己一個人時，便會動手做些家事，既紓壓也殺時間。

這件事其實頗微妙。在醫學生的訓練中，我們被期許要不斷地往上爬，不要浪費時間在與工作無關的事情上。這樣的訓練在某些層面上，也影響醫學生的個性。醫學生時常會有很強烈的焦慮感，擔心自己比不上別人。這種焦慮除了存在於工作，也蔓延到生活的其他地方。

《電視人》書中曾寫道：「我的人生，至少在最初的部分，就那種意義而言是非常平順的。沒有遇到過任何算是問題的問題。但相對的，我卻連自己生存的意義都無法好好掌握。內心那種鬱悶之情隨著成長而越來越強烈。我不知道自己究竟在追求什麼。」

探究醫學生特別容易感到焦慮的潛在原因，也許是從升學體制延伸來的習慣。在國高中讀書時與同學競爭課業前段班，長期競爭下來，只要看到別人有自己所沒有的成就，就會開始檢視自己是不是哪裡不夠好。或是小時候習慣在考試中當第一名，長期把成就感的來源單一押在課業上，除了成績以外沒有其他肯定自己的方式，找不到自己的定位。進了醫學系之後，發現人外有人，天外有天，怎麼都考不贏別人，失去成就感的來源，對於自己的定位感到迷惘，不斷地想找到其他成就感來證明自己的存在價值。

自己在高中時唸地區第一志願，也有觀察到類似的現象，大家都在追尋著某個與眾不同的標籤，以此標籤作為自我的定位和成就感來源，來證明自己與其他人不一樣。

在這個背景下，大家很容易感到莫名的焦慮。雖然在現實生活中，大家不太會把自己的焦慮情緒表達出來，看起來都一副老神在在的樣子。但只要去匿名的論壇繞過一圈，就能感受到滿滿的焦慮感。選科要選含金高的科，沒選到的話就會一輩子當失敗者……有時覺得醫師們看過那麼多生老病死，自己卻有那麼多放不下的東西，確實有些矛盾。不過這也只是自己從局外人的角度來看，說不定幾年後，等自己也進入體制之中就被同化也說不定。

從實質的角度來看，做家事幾乎是功利主義的反面教材，既花時間也沒有什麼實質上的意義，時間久環境髒又要重來，根本是在原地繞圈圈。但自己覺得，如果醫學生們能跨過這個坎，去做一些自己覺得有意義但看起來像是繞圈圈的事，那麼之後人生就可以走得比較開闊也說不定。

巨塔之外

我們這屆大六和大五最大的區別是可以選擇長庚以外的醫院短期外訓。外訓的時間為一個月，等於是輪訓兩個科的時間，不長也不短。每個人選擇外訓醫院的考量都不太一樣，有人去離家比較近的醫院，有人想離開長庚體系去外面看看，也有北部人單純想去體驗一下南部生活。

遙想當初進醫院前，老師們耳提面命地向我們說明醫學教育的六大核心能力，這六項能力有很多種不同的版本，醫院之間也有各自些微的差異。大致上是：病人照護能力與臨床技能（Patient Care and Clinical skill）、專業醫學知識（Medical Knowledge）、實作為基礎之自我學習與改進（Practice-Based Learning and Improvement）、人際關係及溝通技巧（Interpersonal and Communication Skills）、專業精神及倫理（Professionalism）和制度與體系下之醫療工作（System-Based Practice）。這些能力到了醫院評鑑時，每位醫學生都要倒背如流，但如果不是評鑑的時候……還是會記得吧。

這些能力中，前五項能力都很直觀，最後一項制度與體系下之醫療工作（System-Based Practice）是最特別的。雖然看起來跟前五個相比似乎遜色許多，但實際上的重要性並不亞於其他五者。

我們要學著在既有的體制之下工作。在臺灣大多數的第一線醫療還是以健保為主。健保的給付標準和醫療行為密切相關，也會直接影響到醫師獲得的健保點數，因此要如何在健保的體制下執業，是每位醫師的必修課。

健保的架構跟醫師的想法不一樣。健保有預算的考量，能不花的錢就盡量節省。但以醫師的角度來說，如何用最小的傷害換取最大的治療效果才是最重要的，因此在很多層面上兩者的立場互相抵觸。像是老師們偶爾在晨會上抱怨著某些藥因為一直被健保局砍價，藥商乾脆直接退出臺灣市場，以後那個藥就開不出來了。自己也注意到許多諸如原廠藥退出市場的事件，只在醫界的小圈圈裡發酵，明明民眾才是最大的受害者，卻似乎都是醫護人員在網路上打抱不平。這側面指出在某些層面上，醫護和民眾是站在同一個陣線的。

雖然都是行醫，但每間醫院還是有屬於自己的強項，像是自己到體系外的醫院見習時，常常被問到長庚的外科是不是很厲害。在晨會時常聽台上的老師們討論著哪間醫院引進了新技術，哪間醫院的科內風氣如何。或是在醫院遇到來自其他學校的上線學長姊，聽說外面的環境如何。但百聞不如一見，自己決定去一趟非長庚體系的醫院外訓，一方面到北部以外的醫院看看，另一方面也體驗其他體系醫院的傳聞是不是真的。

不同醫院的文化也會影響工作內容，這些差異對於醫師而言沒有什麼好壞，每個人有不同的特質，自然也會適合不同的文化。像是榮總體系有許多榮民身分的病患，就醫時會有特別的優惠。自己本來見習的醫院平時比較少照顧榮民，在尚未接觸過榮總體系前，也曾擔心過自己會不會不太適應裡頭的氛圍。但實際見習過才發現榮民伯伯大部分都蠻可愛的，有時答謝還會行軍禮，十分新奇。當然還有很多更詳細的，從上下班時間、工作負擔、系統操作甚至是同事之間的相處都有差異，等待有緣人親身去體會。

經過一個月的外訓後，自己深深地覺得以醫院的角度來說，讓見習醫師去其他醫院外訓，多少會增加一些行政上的負擔。但如果可以藉此推廣自己醫院的特色，之後就可以招募到符合自己醫院文化的醫師，減少不適應而離職的風險。從學生的角度來看，出去體驗外面的世界，才會知道自己適合的是什麼。自己也是出去外訓後，才開始去思考依自己的特質比較適合中請哪間醫院。

外訓大概是求學生涯中，唯一可以無後顧之憂地自由選擇去處的機會。拿到醫師執照進入正式的住院醫師訓練流程後，想要轉換工作就不是那麼容易。經過一個月的外訓，深刻地體會到外訓應該才是大六學生最重要的必修課。

努力

去身心科見習前，有點期待又有點忐忑，擔心身心科會不會跟自己想像中的樣子有很大的落差。

常常聽到結束身心科見習的同學或學長姐說，身心科急性病房和自己想像中不一樣。自己對於身心科病房的第一印象是來自於在生命線當志工時，常常有療養院的個案打電話進來聊天，大致能旁敲側擊猜出急性病房大概的模樣。

等到自己實際去身心科見習，看到的身心科急性病房和個案描述的差不多，白天會有職能治療師帶領復健行程，固定的吃飯和吃藥時間，其餘時間就比較彈性，有一些比較休閒的活動像是看電視或吃點心。大多數病人都很穩定，沒有電影營造的那種恐怖氛圍。病房裡頭放著輕音樂，相當安靜。病人可以在房間內休息，或是走出來大廳和其他病友聊天，氣氛和其他內外科病房比起來輕鬆許多。

不只病人，醫護人員的行程在這裡也和其他科有明顯的區別。一般在內外科病房，評估病情主要是依據客觀數據，但在身心科病房則是用病患的主觀經驗。在與病人相處方面，其他科大多是到病床邊詢問病患身體有沒有不舒服，並簡單說明接下來的治療。而在身心科病房，醫護人員會花比較多時間，坐在病患旁邊和他們會談，在其他地方就見不到這樣的景象。

在身心科病房，除了生活乏味和醫院餐不好吃以外，確實是個很適合休養的地方。

那幾天常常想到小說《挪威的森林》中，直子發病後所住的「阿美寮」。那是間偏遠的私人療養院，沒有鐵欄杆，門也經常開著。有警衛但病患可以自由進出。病患們在其中規律地生活和運動，有專業技能的患者可以開班授課。療養院有自己的農場，裡頭的人過著自給自足的生活，幾乎和外界隔絕。在那裡生活，就是療養的一部分。雖然很像痴人說夢，但自己也很想親眼看看這樣的療養院哪天實現時，會是什麼模樣？

在身心科病房，自己一直想正常跟不正常的界線是什麼。雖然有精神疾病診斷與統計手冊（Diagnostic and Statistical Manual of Mental Disorders, DSM）可以診斷身心疾病，但當中仍有許多模糊地帶。像是很多躁鬱症病患因為賭博或股市投資輸了幾千萬，被認為是躁症發作而住院。但當自己某天與其中一位病患會談說到這件事時，他無奈地笑著說，我們玩股票本來就是這樣，你們才在那邊大驚小怪。自己忍不住搔搔頭去想，如果他今天玩股票的結果是贏幾千萬，會不會就被當成股神到處演講開課，說不定哪天贊助醫院我們還會感謝他。

或是偶爾去查房時，看到其他患者的桌上擺著幾本翻譯小說，不是芭樂書，而是自己讀會覺得有點硬的那種小說，患者手上拿著一本，正躺在床上看得津津有味。怎麼覺得自己好像還過得比他還辛苦。不過確實也有些現實感比較差的患者，半夜一個人坐在大廳說話，問他在跟誰對話，他說是回音，那是他親人，說完就咯咯地笑，在農曆七月聽起來有些毛骨悚然。

身心科的診斷除了患者的自我陳述外，也會和醫師本身的閱歷有關。老師說過一個故事，曾經有位信仰基督教的患者說自己被神附身，出現類似幻聽幻想的症狀，大家也以為這位患者是思覺失調症發作。但某天一位同樣信仰基督教的學長聽到這件事，他說這在教會是偶爾會出現的正常現象，稱為「聖靈充滿」。

明明是一樣的症狀，卻會因為醫師的經驗而可能會有不一樣的結果，值得發人深省。

某天有位思覺失調症的阿姨問我，這個病是不是永遠都不會好？之前在生命線值班時，也有個案問過一模一樣的問題。在臨床上，老師教過我們如何委婉地回應這種類型的問題，說這個病不能根治但可以控制。

但若離開醫病關係來說，自己常常覺得，不是每件事情都是可以用努力改變的。這個觀點在勵志書眼中，似乎是十惡不赦的大罪。這些書會說，那只是不夠努力的藉口。

因為母親工作的關係，自己國中幾乎每天下課都到圖書館報到，假日也常去家附近的圖書館看書。不過自己當時對文學沒什麼概念，有什麼書就看什麼。有段時間曾對勵志書很感興趣，在數個月內，持續解決誠品排行榜上的每本勵志書。首次接觸到文學的邊緣，可能還是升大學的暑假，每天去書店讀一本三毛的文集。漸漸產生興趣後，才把文學書當作主力讀物。從那之後世界便寬廣起來。對於勵志書的情感，想起張亦絢在《感情百物》中曾寫過：「但我並不真的覺得羞恥，因為任何事都有過程。就像學單車時有輔助輪，偽書常常就是帶著輔助輪的單車。」

曾經聽過學長姊說，說加油其實是一件很可笑的事。那時還不知道這句話是什麼意思，沒頭沒尾的。現在覺得，嗯，確實如此。很多東西不是努力就能改變的。有的身心科患者生病，是源自於家庭背景或是小時候受過的創傷誘發，但時光不能逆流，無論怎麼努力，還是改變不了過去已經發生的事情，只能盡力把握好現在和未來。

就像我們無法改變天氣，只好在雨中跳舞。

老街

林口老街是距離林口長庚醫院最近的老街。

在過去印象中的林口算是比較新興的地方，一提到林口，馬上會聯想到三井outlet和新聞報導中一飛沖天的房價。以前還在學校唸書時，還不知道原來林口居然有老街。直到某次偶然看到同學去林口老街吃喝玩樂的IG限時動態，才發現這個地方的存在。

對於林口老街的資料，網路資料內容大多殘缺，後來發現《林口鄉志》有相關記載。林口這個名稱由來和地理位置有關。過去叫「樹林口」，意思是樹林地出入口的聚落[1]。林口區依照發展軌跡可分為新舊社區。新社區包括文化一路和文化二路，鄰近高速公路交流道和長庚醫院，是較為新興的區塊。舊社區主要為西林和林口這兩個區，大致以林口路和中正路為商業區，即現今林口老街一帶[2]。對比三井outlet寸土寸金的新興區，舊社區道路相對比較窄，兩側房屋是傳統的透天厝。商店以民生用品為主，例如五金行或是菜市場。

除了本來就遠近馳名的牛頓雞排和龍抄手涼麵，涼麵斜對面的阿地桑豆花也是自己每隔一兩個月就會拜訪的愛店。

在舊社區漫步，試著想像先民曾經在這裡生活的樣貌，滄海桑田。

這種隨著年代變遷而逐漸蕭條的景象，跟醫師的近況好像。

回想起某次跟診，老師談著哪些年輕醫師都在想辦法撈錢，正說到興頭上，轉頭問在旁邊當隱形人的我：「為什麼現在年輕人都那麼喜歡賺錢？」

直到現在，自己也不知道該如何回答這個問題。但仔細想想，如果可以只在醫院當個熱血的醫師，不用煩惱能不能買得起房和養小孩的問題，應該是每個人的夢想吧。

雖然醫師的職業自日治時期以來，就被視為不錯的工作。但隨著物價飛漲，醫師的待遇被健保限制，醫病關係緊張，社會地位也不如以往。普遍覺得這個職業的大方向，正在漸漸走下坡。其實除了醫師以外，其他醫療人員也正面臨類似的問題，像是最近護理的離職潮導致醫院關病房就是個活生生的例子。

醫療工作攸關人的生死，有其獨特性，每個疏忽都可能導致病患一輩子的缺陷。某種程度上來說，醫療不應完全依循市場機制。否則大家領多少錢就只做多少事，對工作的態度越來越消極，長期下來對社會也是負面影響。

依自己的觀察，醫療比較像是一種良心事業，許多事情基於個人的道德感，做或不做僅在一念之間。像病人的情況變糟時，一線醫師冒著被罵的風險詢問能不能讓自己的病人插隊做檢查，或是回家後自主學習熬夜查資料。

這些事情都不是被「規定」要做，乖乖照著規矩來也是一種辦法，但如果去做，說不定就可以多挽回一條人命。

不過以目前匿名論壇的情況觀察下來，決定要躺平的醫療人員越來越多，工作時只做自己分內的事情。雖然對於工作的責任感這個東西，本身就很難量化，提高待遇不一定會提升所有人的責任感，但待遇差的話，大概可以預知多數人都不會有太高的責任感。

我們正處於醫學世代的斷層面。上一代老師仍把醫師視為令人尊敬的職業，認為我們應該要盡力去追求至善。但從這一代開始，越來越多醫師開始反思，我們所做的這一切是否真的值得。不禁聯想到電影《末代武士》的場景。

執業環境的變化，也連帶影響醫學生對未來的想法。從醫學生申請PGY的變遷，便可見一斑。PGY是畢業後一般醫學訓練（Post-graduate year training）的簡稱，許多醫學相關科系都有類似的制度。以醫學系而言又稱為不分科住院醫師。顧名思義，PGY就是在六年醫學系畢業後，首先找的第一份工作。

PGY沒有固定執業的科別，大多是每個月換一科上班。譬如這個月在腸胃科，下個月換到心臟科。在大型教學醫院，PGY基本上都是第一線照顧住院病人的醫師。第一線就是當住院病患抱怨晚上睡不著時，第一個來看病患的醫師。小型的地區醫院或是沒有住院醫師的醫院可能就不一定。

PGY跟見習醫師（Clerk）在某種程度上很像，都是屬於「游牧民族」的一員，沒有固定科別，四處放牧逐水草而居。只是PGY有醫師執照，是領醫院薪水上班的正式員工，而Clerk則還是學生的身分。

醫學系接近畢業時，就要開始申請PGY。這時醫學生們就會開始到處打聽每間醫院的生態。以前大家為了得到最好的訓練機會，會一窩蜂地往大醫院擠。但現在大家開始有了自己的想法，像是申請能兼顧生活和訓練的小型醫學中心，或是申請對未來選科比較有保障的區域醫院。不過換個角度想，執業環境的變遷，讓年輕一代開始思考自己工作的價值，某種程度上來說也是件好事。

期待未來哪天，相關的配套能夠跟上時代的腳步，讓大家重拾臨床的熱情。

[1] 陳國章，《臺灣地名辭典（中）》（臺北：國立臺灣師範大學地理學系，民國八十七年五月出版），頁一五四。

[2] 林口鄉公所，《林口鄉志》（二〇〇一），頁一九四。國家圖書館臺灣記憶系統，取自https://tm.ncl.edu.tw/。

宵夜場

半夜院區的樣貌和白天不同。晚上九點，飲料街的招牌燈一個接著一個熄滅，店家忙著整理攤位。麵店老闆刷洗鍋子和地板。飲料店店員拉下半邊鐵門，坐在角落滑手機等下班。

醫院附近的兩間美食街才正是熱鬧的時候，一間是醫院旁邊的綠光美食街，另一間則是醫院對面的南北小吃。這兩間美食街都是由數個攤販合作經營，從飲料、壽司、傳統小吃到熱炒無所不賣。美食街的範圍是個長方形的區域，攤販在外圍環繞著座位區，經營模式是攤販們共用座位，就像百貨公司的美食街。每到週末半夜，美食街總是坐滿穿著T恤短褲的年輕人，鐵桌上放著一瓶瓶的臺灣啤酒，吆喝不絕。

除了醫院對面二十四小時營業的麥當勞外，復興一路上還有三間鹹酥雞店是我們大學以來的宵夜好朋友。而南北小吃裡的回味鹹酥雞是自己每隔一段時間就會回訪的愛店。如果要聚餐，附近也有多間燒烤店可供選擇，而其中大學以來最常去聚餐的燒烤店還是非燒鳥串道莫屬，也是幾乎每位長庚的學生畢業前都吃過的燒烤。

有沒有宵夜，聽起來不是件很重要的事。但因為自己剛從偏僻的校區搬過來，經歷過宵夜只有便利商店的時期，對於有沒有宵夜這件事格外看重。有次在上刀的空檔，跟同一間學校畢業的學長姊聊天，發現大家都對「醫院附近有沒有吃的」這件事有所莫名的堅持，頗有趣。

人總是在得不到之後，才會懂得珍惜。雖然聽起來很芭樂，但似乎也有值得參考的地方。

在內科看到九十幾歲，合併多種末期慢性病的老人家躺在病床上，日復一日用力吸著氧氣時，會覺得生命怎麼這麼長。在外科看到二十幾歲的年輕人，因車禍陷入重度昏迷，估計預後非常差時，就會覺得生命怎麼那麼短。

想起之前在神經外科的門診，遇過一位八十幾歲的阿嬤。人是坐在輪椅上被推進來的，表情痛苦，不斷乾嘔。聽她兒子說，這個症狀已經有幾個月，最近越來越嚴重。因為本人不願意就醫，一直拖到現在。照電腦斷層看到腦中塞滿了無數腫瘤，少說也有二十幾顆，充斥著大腦、小腦和腦幹。護理師學姊看了影像也驚訝不已。那位阿嬤被安排立即住院。

隔天查房，阿嬤的意識急轉直下，人已經神智不清，嘴裡喃喃自語。老師找家屬過去說明病情，我在旁邊看著阿嬤。可能是看到兒子離開的緣故，她也跟著坐起身，掙扎著要下床。但她的情形很容易跌倒，不能下床。我扶著阿嬤的肩膀，稍微把她固定在床上，請她再等一下。她表情扭曲，看著我，緩慢地點點頭。不知道她有沒有聽進去。阿嬤眼睛看向前方，不停地喃喃自語，叫著某個不認識的人。朝阿嬤的視線望過去，只有靜止的電視和牆壁。

雖然難以言喻當時的感覺，但自己隱隱覺得阿嬤實際上已經不在這裡了。我正扶著的，只剩下一個空軀殼。直到現在都還記得那種悵然的情緒。

這種生命過長或過短的感覺，有時在幾天之內就上演。

像是很多家屬面對親人離世，無法接受為什麼人好好地走進去，卻是躺著出來？

大多數人也許覺得從生病到離開，是一步步向下走階梯的過程，但自己覺得疾病到末期的時候更像是溜滑梯。剛開始病患自己可能只感覺有一些小病痛，也許只是有點喘或有點痛。可是一旦狀況開始變差，惡化的速度會比想像中快上許多。有時前幾天還只是有點不舒服，勉強可以說話吃飯，隔天意識越來越差，整個人看似迷迷糊糊的沒什麼回應，再幾天可能就過世了。

曾聽過家屬問，為何病人在家都好好的，進醫院之後便惡化得那麼快？自己認為，現代醫學能讓我們從抽血和影像檢查大致推測未來病況的走向，在病人本人還未感覺到嚴重病痛時，猜想接下來情況可能會有些棘手而決定收住院治療。但醫師不是神，很多時候即使接受最好的治療，還是挽不回每況愈下的局面。

換句話說，即使沒有住院，該發生的事情還是會發生，病人遲早會因為身體不舒服而入院，只是透過檢查提早發現，把住院的時間提早。也許是這樣，才會有走進去躺著出來的錯覺，若沒有就醫的話大概會是躺著進去躺著出來。或者可以換個角度想，至少在這之中我們有積極地讓病患接受醫療介入，嘗試著把人救回來。

但也有幾個自己覺得很玄的案例。末期病人平時雖然狀況不太穩定但大致上還可以接受，很多天下來維持一個在危險的平衡。可是自從某天檢查的結果出來，醫師告知病情不太樂觀後，病人情況急轉直下，一兩天後人很快就走了。

可以用疾病的自然進程解釋如此快速的變化嗎？也許吧，畢竟在檢查結果上癌細胞擴散，一切都是那麼的合理。不過說不定人的意志在某種程度上，也是維持生命的重要環節也說不定。

生命似乎沒有必須要有的長度，太長或太短，是依照相對條件而定。

捷運

講到桃園的捷運，會馬上想到的大概就是機場捷運吧。機場捷運路線從臺北車站A1站出發，從體育大學站A7開始進入桃園市，中途暫時在林口站A9回到新北市，接著再回到桃園。機場捷運剛好在我入學前一年通車，難以想像如果沒有機場捷運，從學校要到桃園高鐵站會是一件多麻煩的事。

雖然住的地方離A9站比A8站近，不過A8站有直達車的緣故，大多時候去臺北還是會到A8站搭車。A8和A9站的旁邊都有Global Mall，A8 Global Mall的地下一樓賣生活用品，一樓賣服飾，二樓則是餐廳和伴手禮。二樓有座天橋橫跨復興一路到對面的林口長庚醫院，下雨天可以不淋雨地從機捷走到醫院，以林口臺地的天氣來說相當方便。

目前機捷可以從A1、A2和A3三個站轉乘其他捷運，未來桃園綠線通車後會與機場捷運於坑口站交會，沿途經過蘆竹、南崁、桃園圖書館總館和桃園火車站等地方。綠線開通之後，就能從醫院搭捷運到桃園市區。

最近桃園市區在挖捷運綠線，陷入一陣交通黑暗期。過去中正路是自己家教必經之路，但自從那附近開始圍地蓋捷運，原本就有點擁擠的交通更是雪上加霜。現在能繞路就盡量繞路，假日騎車去上班的時間多了不少。

身為一位捷運路癡，連在高雄只有紅橘兩條線的捷運都常常記錯方向，到臺北看到密密麻麻的捷運路線便直接投降。除非曾經在臺北住過，對於偶爾去一趟臺北的外地人而言，搭捷運是如同暑假作業般需要提早準備的存在，否則就會被弄得暈頭轉向。最令人頭痛的大概是換線轉乘。通常捷運月台的兩側是同一條路線的兩個方向，但臺北捷運有時在一個月台卻有兩條線，回想起自己第一次從北車去臺大的路上，在中正紀念堂從紅線換成綠線，居然只需要走過月台就到了，驚訝不已。

自己平時把臺北捷運的路線圖放在手機精選相簿，有需要的時候就可以拿出來當小抄。但有些小撇步是在路線圖上找不到的。例如路線轉乘還需要考慮月台之間的距離，以自己常走的臺北車站轉乘路線來說，從機場捷運月台走到臺北捷運月台有一大段距離，即使走電動步道還是需要十五分鐘左右，光是這個多出來的十五分鐘就足以考慮其他交通工具的可能性。

有時跟著曾經在臺北念書的另一半在臺北晃晃，轉乘捷運的走位好像她腦中內建捷運地圖一樣，十分佩服。

而醫院裡也有像是捷運地圖般，只有在醫院走跳過才能精準指出來的東西，就是分科。

看病要去哪科掛號的問題，雖然看似簡單卻蘊藏許多學問。自己剛開始進醫院時，也常常搞不清楚這個科在看什麼病。經過一科科的輪訓之後，才有比較清晰的概念。一般人印象中的醫院分科是內外婦兒和其他小科，但隨著醫學的發展，傳統的分科已漸漸地不足以應付現在越來越專精的醫療需求，於是發展出次專科和更加精密的「次次專科」。

醫院內部的分科是以內外科為基礎，以胸腔來說，就有胸腔內科和胸腔外科。但有些科別的名稱卻非如此簡單，例如泌尿科算是偏外科系的小科，但沒有相對應的泌尿內科這個科，與泌尿系統比較有關聯的內科是腎臟科。另一方面，科別的名稱不一定和看的病有關聯，像是很多醫院有一般外科，但我們沒辦法從字面上的意思猜出一般外科是看什麼病。以自己這間醫院來說，消化外科、乳房外科和甲狀腺外科都是屬於一般外科的範疇。

從醫療專業分工的角度來看，分科分得細是一件好事，可以讓病患能獲得最專業的處置。但以醫師的角度來說，人無法十全十美。對某個領域越來越專業的同時，也意味著對其他領域的知識越來越生疏，漸漸地就會產生一些隱患。

像是在本書〈霧〉中曾提及，醫學是門科學，我們會說這個人是不是某種病，但針對自己不確定的病痛，醫學傾向於說自己不知道，因此就會有許多症狀不典型的病人，四處求醫但不斷碰壁。每位醫師都說這不是他看的病，看過許多專科仍然無法接受治療。

想到導聚時老師曾跟我們說，同一位病人去敲不同科診間的門，有可能會得到不同的結果。第一次聽到這段話還是大一的時候，當時只覺得不可思議。直到自己進到醫院見習，才發現確實如此。

在《我發瘋的那段日子：抗NMDA受體腦炎倖存者自傳》書中也有提及類似的事件。自己多年前看這本書時，只當作是一本罕病患者的回憶錄。直到自己也踏入醫療體系的大門，才有不一樣的想法。以醫療專業分工的現況，其實書中每位醫師都有完成自己的工作，但主角罹患的自體免疫疾病影響範圍巨大，超過每位醫師的專業範疇。醫師當時就像是瞎子摸象，專注在自己熟悉的領域，但無法用一個關鍵的診斷來解釋所有症狀。

要如何解決這方面的問題呢？未來如果AI導入醫療診斷系統中，就算AI的正確率無法達到專科醫師的標準，但說不定可以協助醫師簡單評估是否有其他專科疾病的可能性，提高診斷的正確率。

就像是捷運路線，複雜的醫院分科往往也會令外人卻步。雖然在醫學中心很多老師會覺得基層醫療不夠專業，但基層醫療在某種程度上就如同車站的服務中心，除了處理比較簡單的問題，也能將嚴重的病患轉診給該領域的專科醫師，就像是服務中心為迷路的人提供指引。

如同我們不會因為服務中心的工作人員沒有嚮導證就廢除服務中心，基層醫療在現今高度分工的環境下，應該仍然佔有一席之地。

自行車

從小自己就喜歡騎自行車。雖然現今大多流行健身房運動，系上也有許多同學開始報名附近的連鎖健身房，但自己仍偏愛在戶外騎自行車，用雙腿掌控速度的感覺。自行車介於機車與跑步之間的速度，景色在眼中既不會模糊，也不會在眼前停滯，最適合用旁觀者的角度去觀察一座城市。

大學放長假回家時，特別喜歡在晚上六點左右，白天黑夜交接時，沿著愛河旁的自行車道，順著流向騎到出海口，右轉到駁二藝術特區繞一圈再回頭。到林口臺地唸書後，雖然附近沒有規劃好的自行車路線，天氣也時常不作美，陰雨綿綿的天氣讓人很想窩回被窩，不過偶爾還是能騎一下自行車過過乾癮。

還在學校時，可以到隔壁的體育大學校門口借Ubike，繞體大校園騎自行車。搬到院區後，自己習慣的自行車路線大抵沿著文化二路和文化三路。從機場捷運林口站A9往中華路的方向騎，騎到文化三路盡頭再從文化二路往回騎，就會回到出發點。一個晚上可以沿著這個長方形的路線多騎幾圈。

林口夜間騎自行車的人並不少，偶爾在路上遇見幾位騎士，從身上的背包和制服來看，大多是上班族或學生正在回家的路上，幾乎找不到專程來運動的自行車族。

沿著文化三路往中華路騎的過程中，高樓豪宅消失，取而代之的是空地和房屋廣告看板，反向見證林口的發展軌跡。建案名稱一棟比一棟浮誇，看板以一家人和樂融融的背影作為象徵，好像買房之後便家庭圓滿此生無憾。不過最近房價高得嚇人，以醫師薪水來說買房也要考慮再三。

之前跟門診和快退休的老師聊天，老師語重心長地說，以現在醫師的薪水來說確實沒辦法賺大錢，努力一輩子的資產大概也只能落在中上階級，如果想賺錢的話還是要靠投資，去做一些醫師本業以外的事情才比較有可能繼續往上走。

在騎車的路上反覆思考著，是否要把騎自行車的樂趣寫下來。寫作是個揭開的過程。一件事被寫下來，經歷無數次打磨點綴，就變得不再是當初體驗的那個樣子。書寫生活也是如此，最喜歡的東西，不敢放得太近。只能用迂迴的方式打擦邊球，不讓自己所珍藏的事物與成功或失敗掛鉤。

雖然小時候我們都被灌輸觀念，遇到喜歡的事物就要盡力去追求，但在成長過程中卻漸漸地感受到現實似乎不是這麼運作的。五年前在簡媜《下午茶》書中讀到一句話：「愛的東西不要放得太近。」當時不太懂其中的意思，只是默默地放在心中收藏，後來生活中發生許多事，最後都印證了這段話。往往越是想要的東西就會越是得不到，就像是某種神奇的詛咒。

偶爾刻意地放慢騎自行車的速度，仔細地感受城市的脈動。夜晚是一座城市展現生命力的時候，在黑幕底下人們卸下白天在職場的武裝，顯現出真實的一面。下班後穿著公司制服外帶便當的上班族，人行道石椅上脫掉鞋子盤腿發呆的路人，踏著碎步捲起尾巴成Q字的藏獒拉著主人往前走。

林口臺地的夜晚就是由這些日常的碎片拼湊而成。雖然沒有臺北市的繁華，卻有著平平淡淡的幸福。

醫院教我的事

自從進醫院後，有些想法跟以前不一樣了。除了知識和技能，還有其他肉眼見不到的東西，正緩慢變化著姿態。不過這些轉變都是相當自我中心的，僅供參考。

1、盡量不做危及安全的事

以前大一和大二的時候，經常跟朋友一起夜衝，桃園和新北山上的夜景幾乎見過一輪。許多路段在當時沒什麼感覺，但事後回想卻驚險萬分。印象最深刻的還是某次半夜一群人騎車，從龜山夜衝到陽明山擎天岡，說要看牛，結果黑漆漆的連牛尾巴也沒看到。

在醫院見到許多病人到疾病末期，他們想活下去都不行。實在是找不出理由為了刺激而揮霍生命。

2、把握能回家的機會

因為是南部人的緣故，回家是件花時間也花錢的事，一趟的交通費就足以吃兩餐高級自助餐。過去不常回家，遇到連假也不一定會回去。往往安排家教或出遊，連假的時間就過去了。

不過看到住院醫師學長姊們的工作日程不固定，經常在週末和連假值班，即使不值班也得花時間準備報告，驚覺能回家的時間已經變很少。於是盡量把握能回家的時間，把連假的事情排開，能回幾次算幾次。

3、生死的邊界是模糊的

在醫院上班久了，即使不是第一線照顧病人的住院醫師。但也會身不由己地接觸到病人的離開。像是看著肝硬化末期的病人，一天一天陷入更深層的肝昏迷，某天查房就發現床空了。

常常聽到學長姐在病人過世時，用「飛走了」來代替「死亡」這個詞。不僅是一種委婉的表達方式，也帶有病人在離世後能夠安詳地上天堂，擺脫病痛的意涵。

4、醫療儲備金很重要

先說好自己沒有在賣保險。

現在健保的傳統手術越開越少，外科微創手術和自費醫材已成主流。需要自費補差價的金額都是數萬元起跳，再加上住院期間產生的費用確實是個不小的負擔。如果平時沒有儲蓄或購買保險，需要在緊急情況下使用金錢時可能會面臨相當大的困難。在診間看到有保險和沒保險的病患，往往都是抱著相反的心情走出診間。

5、醫師的態度和認真與否沒有直接關聯

病患看到的醫師，只是其中一個面向。身為整天跟著老師行程的見習醫師，在診間觀察著醫病之間的互動，總結下來最想跟病人說，很多事情沒有看起來那麼簡單。病患沒有參與到的行程很多，像是晨會的討論、跨科跨團隊討論會或是查房前的時間，都會針對案例進行討論。病患常以為醫師在他身上花的時間就只有那些，才一下就趕著要走，但實際上並非如此。有些老師在診間和病人說話的時間很短，那是因為老師已經先用休息時間預習過病人狀況。或是自己觀察到非常多風格比較傳統，對病患很兇的老師，其實都

是最替病患著想的醫師，寧願自己少賺一點也不要過度醫療。

6、生命的走向誰也無法預測

很多病患和家屬對現代醫學寄予厚望，希望治療後可以回復到生病前的樣子，但醫學沒有絕對，無論多嚴謹的治療還是會有例外發生。因此在做任何治療之前，都應該盡可能了解相關的併發症，並隨時準備最壞的打算。

後記：現實

從前自己寫作都是隨性發揮，想寫就寫，想停就停，沒有遵循什麼主義或必須要言之有物的道德感，不過自從為了出版計畫規律創作後，需要考慮的東西變多了，畢竟有任務在身，不能想寫什麼就寫什麼。

其實直接寫醫院的所見所聞不難，難的是要如何把桃園在地特色和醫師生活結合起來。這也和大眾風格和嚴肅風格的拿捏有關，從在地特色連結至醫師生活時，對於醫學的部分不能太艱澀，希望是大家看到都能有共同經驗的主題。不過如此一來又會衍生另一個問題，如果寫平易近人的醫學，大概不可能把實證醫學（Evidence-Based Medicine, EBM）之類的東西放進來，勢必要捨棄一些精準的部分，在大眾和嚴肅之間達成某個平衡。

這陣子只要有多餘的空閒就拿出平板電腦打字，每天都在思考有什麼可以寫。才發現長時間寫作跟過去習慣的即興發揮完全是兩件事。長時間寫作更像是村上春樹所形容「精神上的苦工」，偶爾絞盡腦汁卻只能呆坐在螢幕面前，不知道要寫什麼的感覺真是煎熬。

出書也是面對現實的過程。過去資訊是需要付出時間和金錢才能獲得的東西，不過在短影音盛行的現在，打開手機就有一堆整理打包好的資訊自己送上門，個人成為資訊的主導者。

在這個時代，一本書更像是奢侈品的存在，除了書本設計精美，創作者包裝成文青形象外，文字本身也更加精雕細琢。沒有這些才華的自己只好躲在角落畫圈圈。

也是因此才能理解現實跟理想的差距有多大。不過也許寫作這件事一直以來都是如此，只是自己過去只是在水邊沾沾腳，這次才真正嘗試下水游泳。

在醫院也時常發生類似的情境，每個人小時候應該或多或少都看過神醫的電視劇，幻想著自己如果哪天遇到手術後的嚴重併發症，會不會天降一位神醫來幫助自己解決難題。在臨床上的確常常看到術後恢復不如預期的病人，因為不信任當初幫自己動刀的醫師，轉而四處求醫，希望有其他醫師來幫自己處理。

不過外科有項潛規則，開刀的醫師要負責處理自己的併發症。除非受到開刀醫師的委託，否則不相干的醫師通常不會碰這種事情。常常看到這類的病人最後很失望地離開診間，其實這不是誰的錯，病人方面不知道外科有這個潛規則，以為不論找哪位醫師都可以，而醫師不是當事人，無法掌握病患當時動刀發生的狀況，不確定因素過高，也不會去處理。

個人的期待和現實不符，最後落寞地離去。諸如此類的事情層出不窮。

「現實」是個有趣的概念，現實究竟是什麼？人眼所見就是現實嗎？那我們存放在腦中的記憶也是現實嗎？以寫作來說，自己常常在想現實可不可以用文字描述。換個角度說，寫實的文字就是反映現實嗎？文字在創作的過程經過人腦的篩選與潤飾，或多或少都會偏離當初的本意。即使最終的文字在真實性方面對得起創作者的良心，讀者就會覺得眼前的文字是真實嗎？

最近看Dcard文章，發現所謂「創作文」的分辨相當主觀，看起來一本正經的文章會被說是創作文，「反串文」在沒看過原始版本的人眼中也常常被當作是真實故事。原來現實與想像的疆界在人的心中，並不如過去自己想像中涇渭分明。

如果全然地寫實是不可能的，追求大家都認同的寫實也是如此，會不會適度的虛構反而更能忠實地呈現出某個瞬間？幾年前文壇爭論著散文是否可以虛構，兩方的論點都很有意思。不過在這本書中的部分虛構，應當還是不得不的選擇，畢竟會涉及到病患方面的隱私問題。

在陣子參加阿布醫師與吳妮民醫師的對談，當中兩位前輩討論到每位醫療工作者寫作時會面臨的難題，虛寫生命議題困難也難以與讀者產生共鳴，但如果書寫真實醫病故事，就會牽涉到隱私問題。自己曾經嘗試過虛寫，但老實說連我也不知道自己在寫什麼，最後還是只能用案例把想表達的情感引出來。經過考量後，自己在寫作時除了個人資料模糊處理，也對某些可能會被猜出身分的病情做些許調整，希望能做到連當事人讀到文字，都無法確認這是不是自己的程度。雖然經過調整之後的內容嚴格來說就不算是寫實，不過用調整情節來保護病患，也許會更加接近書寫醫病關係的初衷。

最近仔細對照文字與自己的回憶，進醫院之後影響自己人生觀的幾個大事件，雖然在書中的描述像是目睹醫療現場而產生的反思，實際上在現實世界的時間線是蜿蜒曲折的。有時是事件結束的幾星期後，某天晚上走在路上突然聯想到，或是長時間放在心中的感受剛好藉著故事引流出來。

回頭來看，那些讓我們從中成長的，不是我們經歷過什麼，而是我們如何看待這些經驗。就像在小說《天橋上的魔術師》中，魔術師對眼前的「小不點」說：「有時候你一輩子記住的事，不是眼睛看到的事。」

二〇二三年九月六日

釀文學284　PG3014

霧中的巨塔

作　　者　ROCK
責任編輯　邱意珺
圖文排版　許絜瑀
封面設計　王嵩賀

出版策劃　釀出版
製作發行　秀威資訊科技股份有限公司
114 台北市內湖區瑞光路76巷65號1樓
電話：+886-2-2796-3638　傳真：+886-2-2796-1377
服務信箱：service@showwe.com.tw
http://www.showwe.com.tw
郵政劃撥　19563868　戶名：秀威資訊科技股份有限公司
展售門市　國家書店【松江門市】
104 台北市中山區松江路209號1樓
電話：+886-2-2518-0207　傳真：+886-2-2518-0778
網路訂購　秀威網路書店：https://store.showwe.tw
國家網路書店：https://www.govbooks.com.tw
法律顧問　毛國樑　律師
總 經 銷　聯合發行股份有限公司
231新北市新店區寶橋路235巷6弄6號4F
電話：+886-2-2917-8022　傳真：+886-2-2915-6275

出版日期　2023年12月　BOD一版
定　　價　250元

本書由桃園市立圖書館補助出版

讀者回函卡

Printed in Taiwan

國家圖書館出版品預行編目

霧中的巨塔 / Rock著. -- 一版. -- 臺北市 :
醸出版, 2023.12
面 ; 公分. -- (醸文學 ; 284)
BOD版
ISBN 978-986-445-888-2(平裝)

863.55 112019154